AF202680

Tucholsky Wagner Zola S. Sydow Freud Schlegel
Turgenev Wallace Fonatne
Twain Walther von der Vogelweide Fouqué Friedrich II. von Preußen
Weber Freiligrath Frey
Fechner Kant Ernst Frommel
Fichte Weiße Rose von Fallersleben Richthofen
Fehrs Engels Fielding Hölderlin
Faber Flaubert Eichendorff Tacitus Dumas
Feuerbach Maximilian I. von Habsburg Fock Eliasberg Zweig Ebner Eschenbach
Ewald Eliot Vergil
Goethe Elisabeth von Österreich London
Mendelssohn Balzac Shakespeare Dostojewski Ganghofer
Trackl Stevenson Lichtenberg Rathenau Doyle Gjellerup
Mommsen Tolstoi Hambruch
Thoma Lenz Droste-Hülshoff
Dach Verne von Arnim Hägele Hauff Humboldt
Karrillon Reuter Rousseau Hagen Hauptmann Gautier
Garschin Hanrieder
Damaschke Defoe Hebbel Baudelaire
Descartes Hegel Kussmaul Herder
Wolfram von Eschenbach Dickens Schopenhauer Rilke George
Bronner Darwin Melville Grimm Jerome
Campe Horváth Aristoteles Bebel Proust
Bismarck Vigny Barlach Voltaire Federer Herodot
Storm Gengenbach Heine
Casanova Tersteegen Grillparzer Georgy
Brentano Chamberlain Lessing Langbein Gilm Gryphius
Strachwitz Claudius Schiller Lafontaine
Katharina II. von Rußland Bellamy Schilling Kralik Iffland Sokrates
Gerstäcker Raabe Gibbon Tschechow
Löns Hesse Hoffmann Gogol Wilde Vulpius
Luther Heym Hofmannsthal Klee Hölty Morgenstern Gleim
Roth Heyse Klopstock Goedicke
Luxemburg Puschkin Homer Kleist
Machiavelli La Roche Horaz Mörike Musil
Navarra Aurel Musset Kierkegaard Kraft Kraus
Nestroy Marie de France Lamprecht Kind Kirchhoff Hugo Moltke
Nietzsche Nansen Laotse Ipsen Liebknecht
Marx Lassalle Gorki Ringelnatz
von Ossietzky May vom Stein Lawrence Klett Leibniz
Petalozzi Irving
Platon Pückler Knigge
Sachs Poe Michelangelo Kafka
de Sade Praetorius Liebermann Kock
Mistral Zetkin Korolenko

Der Verlag tradition aus Hamburg veröffentlicht in der Reihe **TRADITION CLASSICS** Werke aus mehr als zwei Jahrtausenden. Diese waren zu einem Großteil vergriffen oder nur noch antiquarisch erhältlich.

Symbolfigur für **TRADITION CLASSICS** ist Johannes Gutenberg (1400 — 1468), der Erfinder des Buchdrucks mit Metalllettern und der Druckerpresse.

Mit der Buchreihe **TRADITION CLASSICS** verfolgt tradition das Ziel, tausende Klassiker der Weltliteratur verschiedener Sprachen wieder als gedruckte Bücher aufzulegen – und das weltweit!

Die Buchreihe dient zur Bewahrung der Literatur und Förderung der Kultur. Sie trägt so dazu bei, dass viele tausend Werke nicht in Vergessenheit geraten.

Klub der Vier

Edgar Wallace

Impressum

Autor: Edgar Wallace
Übersetzung: Hans Herdegen
Umschlagkonzept: toepferschumann, Berlin

Verlag: tradition GmbH, Hamburg
ISBN: 978-3-8472-3692-4
Printed in Germany

Text der Originalausgabe

Edgar Wallace

Klub der Vier

Ins Deutsche übertragen von
Hans Herdegen.

Ungekürzte Ausgabe

Kriminalroman

1

Der äußeren Erscheinung nach machte Douglas Campbell einen wenig freundlichen Eindruck. Er war etwa achtundvierzig Jahre alt, groß und breitschultrig. Wahrscheinlich schrieb man ihm deshalb ein düsteres Temperament zu, weil seine starken Augenbrauen in der Mitte zusammengewachsen waren. Er war erster Direktor der Vereinigten Versicherungsgesellschaften und als solcher von Natur aus nüchtern und sachlich.

Ali einem sonnigen Frühlingsmorgen saß er in seinem Büro am Schreibtisch und las einen Brief. Nach einer Weile schaute er auf und sah nach der Uhr.

»In ein paar Minuten muß Mr. Robert Brewer hier sein«, sagte er zu seinem Sekretär. »Führen Sie ihn in mein Büro und sorgen Sie dafür, daß wir während unserer Besprechung nicht gestört werden.«

»Sehr wohl.«

Es klopfte gleich darauf an der Tür, und ein Angestellter reichte eine Visitenkarte herein.

»Mr. Brewer ist soeben gekommen«, sagte der Sekretär.

»Lassen Sie ihn eintreten«, entgegnete Mr. Campbell.

Mr. Robert Brewer war jung und elegant gekleidet. Man sah ihm an, daß er in guten Kreisen verkehrte und sich in jeder Gesellschaft bewegen konnte. Seine Bewegungen waren geschmeidig, und er machte einen frischen, flotten Eindruck, der ganz zu seinem jugendlichen Aussehen paßte.

Mit ausgestreckter Hand ging er auf Campbell zu.

»Mein lieber, guter Direktor, ich sehe an Ihrem freudestrahlenden Gesicht, daß Sie froh sind, mich begrüßen zu dürfen.«

»Das weiß ich allerdings nicht so genau, aber nehmen Sie bitte Platz.« Der Direktor gab dem Sekretär einen Wink, worauf dieser das Zimmer verließ. Dann wandte sich Campbell wieder seinem Besuch zu. »Sie sehen heute morgen wirklich glänzend aus.«

»Das glaube ich schon«, entgegnete Mr. Bob Brewer befriedigt. »Ich fühle mich auch dementsprechend. Nun wollen wir aber über geschäftliche Dinge reden. Sie haben mich wahrscheinlich nicht von New York hierherkommen lassen, nur um mir ein Kompliment zu machen.«

»Sie sind wirklich smart, ich bewundere Sie. Wenn ich in meiner Jugend ebenso energisch, kühl und vorurteilslos gewesen wäre wie Sie, besäße ich heute Millionen.«

»Na, zwei haben Sie doch mindestens, während ich nur ein armer Teufel und Versicherungsdetektiv bin, dem es schwerfällt, sich durchzuschlagen.«

Mr. Campbell zog den Stuhl näher an den Tisch heran und sprach jetzt etwas leiser. »Bob, die Direktoren dreier uns angeschlossener Gesellschaften haben mir den Rat gegeben, Sie kommen zu lassen. Unser Syndikat besteht aus sechs der größten Versicherungsfirmen Englands, und es handelt sich bei uns meistens um Versicherung gegen Diebstahl, Unfall und so weiter. Sie kennen ja das Geschäft in- und auswendig, darüber brauche ich Ihnen nichts zu erzählen, da Sie ja früher selbst in der Branche tätig waren.«

Bob nickte.

»Wir versichern die Leute der vornehmen Gesellschaft gegen Torheit und Fahrlässigkeit«, fuhr Mr. Campbell fort, »und das Geschäft hat sich nicht recht bezahlt gemacht. Bob, Sie kennen ja unsere Gesellschaft, Sie wissen, wie diese Leute leben. Von einem Modebad reisen sie ins andere und müssen bei allen Gesellschaften dabeisein! Man kann sie fast mit einer Herde Schafe vergleichen. Und es folgt ihnen eine kleine Armee von Parasiten, die von dem Reichtum und der Dummheit unserer Kunden leben und uns viel zu schaffen machen. Wenn wir nicht den Bankrott erklären sollen, müssen wir ihnen mit aller Energie entgegentreten.«

Brewer nickte.

»Dazu brauchen wir aber einen Spezialisten, der diese Schafherde bewacht und zusieht, daß die Wölfe sie nicht zerreißen. Wir bieten Ihnen ein sehr gutes Gehalt an, damit Sie diesen Posten für uns übernehmen; und abgesehen davon, erlauben wir Ihnen auch noch,

Privataufträge auszuführen, die Sie nebenbei erledigen können. Ist Ihnen das recht?«

»Das hängt ganz davon ab, was Sie unter einem sehr guten Gehalt verstehen«, entgegnete Bob grinsend. »Gewöhnlich bekommt ein Detektiv für einen solchen Posten drei- bis vierhundert Pfund im Jahr.«

»Wir sind bedeutend großzügiger. Wenn ich Ihnen ein Gehalt anbiete, so hat es eine – vierstellige Zahl.«

Brewer sah ihn ruhig an und nickte.

»Dann machen Sie bitte eine Notiz, daß ich bei Ihnen engagiert bin.«

Campbell ging zur Tür und drehte den Schlüssel um.

»Ich will Ihnen nun den Verbrecher nennen, der uns am meisten zu schaffen macht. Es ist der Führer des Klubs der Vier – Reddy Smith.«

Bob mußte lachen.

»Von dem brauchen Sie mir nichts zu erzählen. Wenn man in New York lebt, kennt man ihn.«

»Kennt er Sie auch?« fragte der Direktor schnell.

»Nein, wir sind uns niemals geschäftlich begegnet, aber ich kenne ihn trotzdem. In New York habe ich auf dem Gebiet der Handelsversicherung gearbeitet: Veruntreuungen und dergleichen. Reddys Hauptgeschäft bestand darin, daß er faule Aktien von Scheingründungen an die reichen Landwirte im Westen verkaufte. Ich habe ihn in einem Gefängnis gesehen, aber ich glaube kaum, daß er mich kennt. Vor einem Jahr war ich hinter ihm her, ehe er nach Europa kam.«

Mr. Campbell nickte.

»Was ich über ihn weiß, habe ich von der Polizei. Er hat mit einer Anzahl geriebener Burschen in Frankreich zusammengearbeitet, aber man konnte ihm nie etwas nachweisen, obwohl allgemein bekannt ist, daß er an zwei der größten Einbrüche beteiligt war. Soviel ich weiß, hält er sich jetzt in Monte Carlo auf. Unglücklicherweise sind auch mehrere unserer Kunden dort.«

»Welche Hilfe kann ich von der französischen Polizei erwarten?«
fragte Bob.

Der Direktor zog die Schublade auf und nahm ein kleines Heft
heraus.

»Hier ist Ihre Vollmacht, die von dem französischen Innenminis-
ter unterzeichnet ist, ebenso vom Staatsminister von Monaco. Die
Behörden dieses kleinen Staates bemühen sich eifrig, die Verbrecher
von dort fernzuhalten.«

Bob nahm das Heft an sich, blätterte es kurz durch und ließ es in
die Tasche gleiten.

»Reisen Sie möglichst bald nach Ihrem neuen Bestimmungsort.
Wir setzen voraus, daß Sie in den besten Hotels wohnen.«

»Darauf können Sie sich verlassen«, erwiderte Bob. »Übrigens
noch eine Frage. Bekomme ich mein Gehalt im voraus, und wann
kann ich es abheben?«

»Ich kannte Ihren Vater«, entgegnete Campbell. »Er war ein zä-
her, sparsamer Schotte. Auch Ihre Mutter hielt Geld und Eigentum
zusammen, aber Sie sind ein verschwendungssüchtiger Engländer
geworden. Soll ich Ihnen einen kleinen Vorschuß zahlen?«

»Wovon soll der Schornstein sonst rauchen?« fragte Bob. »Ich
werde mir sechs Monate Gehalt im voraus zahlen lassen, dann teile
ich Ihnen mit, wieviel ich für meine außerordentlichen Ausgaben
brauche. Auf der Durchreise bleibe ich ein paar Tage in Paris, und
wie Sie wissen, ist das ein kostspieliges Pflaster.«

Mr. Campbell seufzte und schrieb einen Scheck aus.

*

Zwei Herren saßen vor dem Café de Paris in Monte Carlo. Beide
waren elegant gekleidet, glattrasiert und machten einen weltmänni-
schen Eindruck. Welchem Land sie angehörten, konnte man ihnen
nicht ansehen, aber wahrscheinlich waren sie beide Amerikaner.

Der ältere der beiden rauchte nachdenklich eine Zigarre und
nickte.

»Ich habe ihn noch nie getroffen, aber schon viel von ihm gehört«,
sagte er. »Jimmy, hier in Monte Carlo wird es vom nächsten Montag

ab nicht mehr sicher sein. Ich halte es deshalb für das beste, daß wir am Sonntag abreisen. Inzwischen können wir noch vier Tage ungestört arbeiten. Wie sieht denn eigentlich dieser Brewer aus?«

Jimmy zuckte die Schultern.

»Keine Ahnung, Ich weiß ebensowenig wie du.«

»Bist du auch sicher, daß er kommt?« fragte Reddy.

»Natürlich«, erklärte Jimmy mit Nachdruck. »Als ich heute morgen meine Briefe abholte, habe ich das Telegramm gesehen, in dem er seine Zimmer bestellt hat. Es war in Paris aufgegeben, und er hat sich die teuersten und besten Zimmer reserviert mit dem Blick auf den Eingang zum Kasino. Am Montag wolle er ankommen, aber wenn er nicht eintreffen sollte, möchte er die Zimmer bis zu seiner Ankunft reserviert haben.«

Reddy nickte.

»Wir haben also noch vier Tage, und ich glaube, daß uns die Sache gelingen wird«, fügte er zuversichtlich hinzu. »Der kleine William sieht so aus, als ob er tatsächlich zahlt.«

Er wies mit einer Kopfbewegung nach dem Eingang des Hotels. Ein elegant gekleideter Herr stand dort auf der breiten Treppe. »Man kann schon von hier aus sehen, daß der Kerl ziemlich viel Wolle hat. Eine Bekanntschaft mit dem ist so gut wie Bargeld.«

»Wie heißt er eigentlich? Ich sah, daß du gestern abend im Kasino mit ihm sprachst.«

»William Ford. Sein Alter hat mit Erdölaktien schweres Geld verdient. Als er starb, ließ er seinem Willie eine ganze Wagenladung Geld zurück. Und der will sich nun erst austoben, vorher scheint er nicht viel vom Leben gehabt zu haben.«

»Wofür hast du ihn denn interessiert?«

»Ich habe ihm von der Montana-Silbermine erzählt. Er war sofort Feuer und Flamme. Wir wollen zu ihm gehen, damit ich dich vorstelle.«

Mr. Ford hatte die Hände in den Taschen und rauchte eine Zigarette. Die Schönheit der Palmen und der Gegend schien keinen Eindruck auf ihn zu machen. Langsam ging er über die breite Straße, durch die Anlagen, kaufte sich bei dem kleinen Kiosk eine Zeitung und kehrte zur Gartenterrasse des Hotels zurück, die dem Kasino gegenüberlag. Dort sprach ihn Reddy an.

»Guten Morgen, Mr. Ford. Ich möchte Sie mit meinem Freund Mr. Kennedy bekannt machen. Er kommt aus Texas, besitzt dort große Farmen.« Mr. Ford kniff die Augen zusammen und sah den Fremden an, dann reichte er ihm nachlässig die Hand.

»Guten Morgen«, sagte er zu Reddy, »es ist sündhaft heiß, und ich kann diese blödsinnigen französischen Zeitungen nicht lesen. Verstehen Sie diese Sprache?«

»Gewiß, Mr. Ford.«

Reddy nahm die Zeitung und sah flüchtig hinein. »Es steht aber heute nichts Besonderes darin. Höchstens wenn Sie sich für die französischen Rennen interessieren, können Sie interessante Nachrichten finden.«

»Nein, ich mag keine Rennen. Das ist auch so ein Blödsinn«, erklärte Mr. Ford, während er umständlich das Glas ins Auge klemmte, »Ich bin, wie Sie wissen, ein Geschäftsmann, Mr. Redwood. Wetten mag ich nicht. Ich habe zwar ein paar tausend Dollar beim Roulette riskiert, aber im Grunde genommen langweilt mich das Spiel.«

»Da haben Sie auch vollkommen recht«, meinte Redwood. »Es ist eine ganz dumme Art, sein Geld zu vertun.«

»Selbstverständlich«, entgegnete Mr. Ford etwas von oben herab, »kann ich es mir leisten, Geld zu verlieren. Ich habe eine Million Franc in barem Geld mitgebracht.«

»Hoffentlich haben Sie die im Hotelsafe einschließen lassen«, warnte ihn Reddy. »Es gibt eine Menge zweifelhafter Existenzen in Monte Carlo.«

»Ach, da mache ich mir keine übertriebenen Sorgen. Ich sage immer: Wenn ein Mann nicht einmal auf sein bißchen Geld aufpassen kann, dann verdient er auch nicht, es zu besitzen. Nein, ich verwahre mein Geld stets in meinem Hotelzimmer.«

Mr. Reddy holte tief Atem.

»Ich bin nicht nach Monte Carlo gekommen, um erst zu lernen, wie man sich gegen Diebstähle sichert«, fuhr Mr. Ford fort. »Aber nun sagen Sie mir einmal, was Sie für ein fünftel Anteil an Ihrer Mine haben wollen.«

»Ich habe mir noch nicht recht überlegt, ob ich verkaufe«, entgegnete Reddy. »Eigentlich bin ich nach Monte Carlo gekommen, um mich zu erholen und nicht, um mit Aktien zu handeln.«

»Ja, das tun Sie zu Hause schon zur Genüge, Mr. Redwood«, mischte sich Jimmy ein, weil er glaubte, etwas zur Unterhaltung beisteuern zu müssen. »Mr. Redwood ist von Colorado bis nach Montana als der bedeutendste Mineninteressent bekannt. – Ich habe gehört, daß Sie im Jahr bis zu fünf Millionen Dollar in Aktien umsetzen – stimmt das, Mr. Redwood?«

»Ja, ungefähr, vielleicht nicht ganz so viel.«

Der junge Mann sah ihn freundlich lächelnd an. »Mich können Sie nicht bange machen, wenn Sie mit den Millionen nur so um sich werfen. Soviel ich weiß, beträgt der Wert Ihrer Montana-Mine etwa eine Million Dollar, das sind zweihunderttausend Pfund. – Und Sie wollen vierzigtausend Pfund für ein Fünftel haben?«

Mr. Redwood nickte.

»Die Aktien stehen auf zwei fünfzig am offenen Markt, und der fünfte Teil ist bedeutend mehr wert als das Geld, das ich dafür haben will. Ich habe mich schon zu sehr abgearbeitet in meinem Leben und möchte mich einmal ausruhen und etwas erholen. Deshalb habe ich die Absicht, alle meine Aktien abzustoßen. – Jimmy«, wandte er sich an den Großfarmer, »dieser Herr möchte einen Anteil an der Montana-Silbermine kaufen. Er ist ein Geschäftsmann, und ich muß sagen, daß ich ihn schätze.«

»Aber Sie werden doch nicht Ihren Anteil an der Montana-Mine verkaufen!« sagte Jimmy. »Es ist die ergiebigste im Westen. Es wird eine Sensation geben, wenn das in Wall Street bekannt wird.«

Reddy antwortete nicht, nahm aber aus seiner Brusttasche ein dickes Paket. Er öffnete es, es befanden sich Aktien darin, alle mit Stempel und Siegel versehen. Er betrachtete sie lächelnd, fast wehmütig.

»Wenn ich bedenke, wieviel Mühe es mich gekostet hat, diese Mine zum Erfolg zu bringen, dann tut es mir leid, mich von diesen Papieren zu trennen. Mr. Ford, ich gebe sie Ihnen wirklich für eine Bagatelle. Es ist ungefähr derselbe Betrag, den Sie nach Monte Carlo mitgebracht haben, um ihn eventuell hier im Spielkasino zu verlieren.«

»Aber ich habe mich bisher noch nicht fest entschlossen, die Aktien überhaupt zu kaufen«, erklärte Mr. Ford hastig.

»Und ich habe mir auch noch nicht überlegt, ob ich sie tatsächlich hergeben werde«, lächelte der andere. »Wir wollen erst etwas zusammen trinken.«

Er war viel zu erfahren, um sein Opfer zum Ankauf zu drängen, und während der beiden nächsten Tage erwähnte er nichts von den Aktien.

»Die Zeit drängt«, sagte Reddy am Sonnabend.

»Wie weit bist du denn mit dem jungen Ford?« fragte Jimmy.

»Er hat angebissen, aber es sieht so aus, als ob es noch ein paar Tage dauert, bis wir das Geschäft erledigt haben. Ich habe im Spielsaal mit ihm gesprochen, und dabei haben wir uns gegenseitig allerhand anvertraut. Ich sagte ihm, daß ich mein Geld immer unter dem Kopfkissen aufbewahre und es heute morgen einzustecken vergaß. Er entgegnete darauf, daß er sein Geld gewöhnlich in der Kommode aufbewahre, zwischen seinen Kleidern. Wenn er heute die Aktien nicht kauft, nehmen wir ihm in der nächsten Nacht das Geld ab. Wir brauchen deshalb unsere Schlafwagenkarten nicht verfallen zu lassen. Aber wir werden Monte Carlo auf einem anderen Weg verlassen.«

»Wieso?« fragte Jimmy.

»Ich habe ein Auto aus Nizza bestellt, das uns um zwei Uhr morgen früh bei der Post abholen soll. Wir fahren nach Marseille, von dort geht es weiter nach Narbonne und dann über die Grenze nach Spanien. In Barcelona warten wir einige Zeit. Ich habe bereits ein anderes Auto telegrafisch bestellt, das uns Sonntag nachmittag in Marseille am Hôtel d'Angleterre erwarten soll.«

»Sehr gut.«

»Dein Zimmer liegt an demselben Korridor wie das von Mr. Ford, und es ist ziemlich leicht, von einem Balkon zum anderen zu klettern. Außerdem schläft er bei offenem Fenster. Ich werde von dort in das Zimmer eindringen und dann die Tür öffnen. Darauf kommst du herein. Sollte er irgendwelchen Spektakel machen wollen, dann müssen wir ihn zur Ruhe bringen. Sicherlich sind wir mit dem Wagen schon kurz vor Mittag in Marseille.«

Sie schlenderten durch die große Pfeilerhalle und betraten den Spielsaal. Während der nächsten halben Stunde gingen sie von Tisch zu Tisch und beobachteten Ford beim Spiel. Er setzte ab und zu hundert Franc auf eine Nummer, aber er schien sich nicht für das Spiel zu interessieren.

Schließlich sah er die beiden Amerikaner und schaute sie mitleidig lächelnd an.

»Ein furchtbarer Unsinn, zu spielen. Wir wollen von hier fortgehen. Man ärgert sich nur, wenn man sieht, wie die Leute ihr Geld verschleudern.«

Sie folgten ihm, und er ging wieder zu seinem Lieblingsplatz auf der anderen Seite der Hotelterrasse.

»Ich habe mir die Sache mit der Silbermine noch einmal durch den Kopf gehen lassen. Ich kann mich doch noch nicht entschließen, sie zu kaufen, denn ich dachte daran, daß Montana weitab liegt und ich nichts von Bergwerken verstehe.«

»Davon brauchen Sie auch nichts zu verstehen«, meinte Reddy. »Sie haben weiter nichts zu tun, als in Ihrer schönen Wohnung in London stillzusitzen und zu warten, bis die Dividenden ausgezahlt werden.«

»Gut und schön. Wenn sie nun aber nicht eintrudeln, was dann? Ich werde Ihnen sagen, was ich tue. Ich schreibe meinem Freund, einem Börsenmakler, der ein sehr gescheiter Kerl ist. Der führt alle meine geschäftlichen Transaktionen durch, und der soll mir telegrafisch einen Rat geben. Schließlich kommt es ja auf einen kleinen Aufschub nicht an, Mr. Redwood.«

»Durchaus nicht. Und wenn Sie nun eine günstige Auskunft erhalten, wie es nicht anders zu erwarten ist, geben Sie mir dann einen Scheck?«

»Nein, dann zahle ich in bar.«

»Ach, ich dachte, Sie hätten das Geld inzwischen auf die Bank gebracht«, entgegnete Mr. Redwood erleichtert.

»Wo denken Sie hin! Ich sage doch immer, wenn ein Mann nicht einmal auf sein bißchen Geld aufpassen kann, verdient er nicht, es zu besitzen. Übrigens habe ich ein Telegramm erhalten von einem gewissen Brewer. Eine ziemliche Unverschämtheit. Der Mann gibt mir den Rat, nichts zu unternehmen, bis er mich gesprochen hat. Wer, zum Kuckuck, ist denn dieser Brewer?«

»Einer der gerissensten Verbrecher, die es zur Zeit in Europa gibt«, erwiderte Mr. Redwood ernst. »Sobald der sich für etwas interessiert, ist die Sache so gut wie verloren.«

»Das ist doch aber ein starkes Stück. Meinen Sie, ich sollte die Polizei benachrichtigen?«

»Ach, das ist vollkommen unnötig.« Reddy mußte heimlich lachen.

Der junge Ford sah nach der Uhr.

»Ich fahre nach La Turbie. Wollen Sie mich begleiten?«

»Sehr liebenswürdig«, entgegnete Reddy, »aber ich habe heute nachmittag noch viel zu tun.«

Reddy studierte Autokarten und Fahrpläne. Er mußte an einen vom Klub der Vier, der augenblicklich in Montdidier weilte, ein Telegramm aufgeben, denn er brauchte von ihm einen Paß, mit dem er über die Grenze kam. Auch mußte er seine Sachen packen und noch einmal nach dem Zimmer von Mr. Ford sehen.

Soviel hatte er bereits festgestellt, daß es bei Tag unmöglich war, in den Raum einzudringen. Mr. Ford hatte mit dem Hotelbesitzer vereinbart, daß während seiner Abwesenheit ein Mann auf dem Gang vor seiner Tür Wache stand. Über Nacht wurde dieser Posten eingezogen. Jedes einzelne Hotelzimmer hatte einen langgestreckten Balkon, und zwischen den einzelnen Baikonen bestand ein Zwischenraum von etwa sechzig Zentimetern, der für einen gewandten Mann weiter keine Schwierigkeiten bot. Geduldiges Abwarten war eine ihrer Hauptstärken, und so rührten sie sich nicht eher, als bis es an der Zeit war. Als Reddy nach Mitternacht auf seinen Balkon hinaustrat, war unten niemand zu sehen. Er rauchte eine Zigarette, dann kletterte er über das eiserne Geländer, und in kurzer Zeit hatte er die drei Balkone hinter sich, die ihn von dem Zimmer Mr. Fords trennten. Hier standen die Fenster weit offen, nur die hölzerne Jalousie war geschlossen, und es gelang ihm, diese geräuschlos zu öffnen. Er schlüpfte in das Zimmer und schloß die Glastür hinter sich.

Der Weg quer durchs Zimmer und das Aufschließen der Korridortür dauerte nur ein paar Sekunden. Reddy hatte angestrengt gelauscht, bevor er ins Zimmer trat. Er hörte die regelmäßigen Atemzüge Mr. Fords, ja, sogar ein leichtes Schnarchen.

Sobald er die gegenüberliegende Tür geöffnet hatte, trat Jimmy leise ins Zimmer. Reddy öffnete die oberste Schublade vorsichtig, ohne das geringste Geräusch zu machen. Als er gerade unter den Kleidern suchte, wurde plötzlich das Licht angeknipst.

Mr. Ford saß m seinem Bett und hielt die beiden Einbrecher mit einem Browning in Schach.

»Nehmen Sie die Hände hoch!«

»Was wollen Sie denn?« fragte Reddy empört. »Ich bin nur in ein falsches Zimmer gekommen, und ich muß schon sagen, ich bin sehr erstaunt über Ihr grobes Benehmen, Mr. Ford.«

Im nächsten Augenblick sprang Mr. Ford aus dem Bett, und Reddy sah, daß er angekleidet war und nur kein Jackett trug.

»Ich habe auf Sie gewartet, Reddy«, fuhr er fort. »Ich verhafte Sie wegen Einbruchs, versuchten Betruges und verschiedener anderer Vergehen, ebenso Ihren Freund.«

»Wer sind Sie denn?« fragte Reddy bestürzt.

»Mein Name ist Bob Brewer«, erklärte der junge Mann. »Vielleicht haben Sie schon von mir gehört. Ich bin ein bekannter Verbrecher, der alles mitnimmt, was er bekommen kann. Also, Hände hoch, sonst wäre ich gezwungen, Ihnen eine blaue Bohne zwischen die Rippen zu jagen.«

2

Bob Brewer blieb auf der zweiten Marmorstufe stehen, die zu dem prachtvollen Geschäftsgebäude der Vereinigten Versicherungsgesellschaften führte, und beobachtete interessiert den jungen Mann, der gerade in einer eleganten Limousine vorüberfuhr.

Der junge Mann trug einen grauen Filzhut und rauchte eine Zigarre. Er lehnte sich bequem in die Polster des Wagens zurück und blickte gelangweilt geradeaus.

Bob merkte sich die Nummer des Wagens und trat dann in das Innere des Gebäudes.

Einer der Angestellten grüßte ihn und führte ihn direkt in das Zimmer des Generaldirektors.

»Mr. Campbell erwartet Sie schon«, sagte er.

Der Generaldirektor hatte nichts zu tun – wie die meisten äußerst beschäftigten Leute –, als Bob ins Büro trat.

»Hallo!« rief er. »Schließen Sie bitte die Tür. Wie geht es Ihnen denn?«

»Ich habe Ihr Telegramm erhalten und habe eine ausgezeichnete Reise hinter mir. Das Wetter in Frankreich war glänzend. Ich habe Ihnen die Abrechnung über meine Ausgaben zugeschickt, und ich habe jetzt kein Geld«, erklärte Bob schnell. »Nach dieser kleinen Einleitung möchte ich mich nur noch erkundigen, warum Sie es so eilig haben.«

»Setzen Sie sich. Es handelt sich wieder einmal um die vornehme Gesellschaft, Bob«, erwiderte Mr. Campbell. »Wie Sie wissen, sind diese Leute furchtbar konservativ in ihren Gewohnheiten.«

»Nun hören Sie aber endlich mit Ihren Litaneien über die vornehme Gesellschaft auf. Ich weiß längst auswendig, was Sie mir sagen wollen.«

»Das können Sie gar nicht oft genug hören«, entgegnete Campbell. »Übrigens hörte ich, daß Ihr Freund Reddy der französischen Polizei entkommen ist?«

Bob nickte.

»Ja, er ist nach Spanien entwischt. Aber daraus können Sie mir doch keinen Vorwurf machen. Er sitzt auch noch in Spanien. Sie meinen doch nicht, daß er hier in London auf mich wartet und mir auflauert?«

»Nein. Ich habe Sie nicht hergerufen, um Sie zu warnen. Auf Reddy brauchen wir wohl einen oder zwei Monate lang keine Rücksicht zu nehmen.«

»Das ist auch meine Meinung. Reddy muß augenblicklich viel zu sehr auf seine eigene Sicherheit bedacht sein, als daß er an mich denken könnte. Außerdem ist er lange nicht so gefährlich wie zum Beispiel Soapy Wilkins.«

Mr. Campbell richtete sich überrascht in seinem. Sessel auf.

»Zum Teufel, wie kommen Sie denn auf den? Über den Kerl wollte ich gerade mit Ihnen sprechen.«

»Soapy ist für mich kein Geheimnis, ich kenne ihn schon von früher her. Vor zwei Minuten habe ich ihn hier in einem luxuriösen Auto vorbeifahren sehen, das er sich natürlich gemietet hat. Er war sehr elegant gekleidet.«

Mr. Campbell sah besorgt auf die Schreibunterlage.

»Das ist ein merkwürdiges Zusammentreffen. Er wohnt im Hotel Magnificent, und er ist eine ständige Bedrohung für uns.«

»Warum melden Sie die Sache nicht der Polizei? Er ist ein bekannter Verbrecher. In Amerika kennt ihn jeder, und ich glaube bestimmt, daß auch die hiesige Polizei weiß, wer er ist. Er gehört zu den gerissensten und gefährlichsten Leuten, die es überhaupt gibt; er ist blitzschnell in seinen Bewegungen, bald hier und bald dort, und begeht nie zweimal ein Verbrechen an demselben Ort. Die meisten sind nur Spezialisten auf einem bestimmten Gebiet, aber Soapy ist unglaublich tüchtig. Er bringt alles fertig, vom einfachen Einbruch bis zur kompliziertesten Fälschung von Aktien und Bankpapieren; und man kann ihn niemals fassen. Ich bewundere ihn. Außerdem habe ich gehört, daß er sich in Gesellschaft tadellos bewegen und unterhalten kann. In gewisser Weise ist er ein Genie, und er hat auch sehr kluge Einfälle ...«

»Ich habe nicht nach Ihnen geschickt, damit Sie mir hier eine Lobrede auf Soapy Wilkins halten«, entgegnete Campbell fast ärgerlich. »Ich bin tatsächlich erstaunt, daß Sie so einen Menschen bewundern können. Ich habe mir das mit der Polizei auch überlegt, aber es ist unmöglich, ihn verhaften zu lassen. Die Polizei hat im Augenblick kein Beweismaterial und kann daher auch nicht eingreifen. Man beobachtet ihn ...«

Bob lachte ironisch.

»Ich sehe, daß Sie genau derselben Ansicht sind wie ich«, sagte Campbell nun freundlicher. »Aber nun will ich Ihnen erzählen, warum ich mir soviel Sorgen mache. Kennen Sie Windhever Castle?«

Bob nickte.

»Das ist der Sitz der Herzogin von Manton in Essex«, entgegnete er prompt. »Sie ist eine große Dame, die über ein bedeutendes Vermögen verfügt und großen Einfluß in der Gesellschaft hat.«

»Windhever Castle liegt acht Kilometer von Goodwood entfernt, und nächste Woche finden dort die alljährlichen Rennen statt, zu denen sich die ganze vornehme Gesellschaft Englands versammelt. Die anderen Leute gehen hin, weil es nun einmal Mode ist.«

»Sie sind schon wieder dabei, mir einen Privatvortrag über, die Gesellschaft zu halten. Teilen Sie mir doch lieber mit, um was es sich handelt.«

Mr. Campbell schluckte, »In der nächsten Woche werden in Windhever Castle viele vornehme Damen und Herren als Gäste weilen, die ihre kostbaren Juwelen mitbringen. Die Leute sind fast alle bei uns versichert. Und nun macht es mir besondere Sorge, daß vor einem Monat in Windhever Castle eingebrochen wurde.«

Bob nickte.

»Ist den Dieben etwas in die Hände gefallen?«

»Nein. Es waren damals keine Gäste im Schloß; die Herrin selbst war mit ihren Bekannten in Ascot. Nur ein paar Dienstboten hielten sich im Hause auf, und es war nichts von Wert vorhanden, was die Diebe hätten stehlen können. Trotzdem drangen sie während der Nacht in das Gebäude ein. Der Geldschrank des Herzogs wurde geöffnet, und drei verschlossene Türen wurden erbrochen oder mit Nachschlüsseln geöffnet. Die Sache war gut durchgeführt, und die Einbrecher kamen auch glatt davon.«

»Das ist merkwürdig«, entgegnete Bob nachdenklich. »Erzählen Sie mir doch noch weitere Einzelheiten über die Sache. Das interessiert mich außerordentlich.«

Mr. Campbell erzählte, was er wußte.

»Also drei Stunden haben sie dazu gebraucht?« fragte Bob. »Es war natürlich leicht, weil nur drei Dienstboten im Haus waren und sie sich genügend Zeit lassen konnten. Der Einbruch muß von Leuten ausgeführt worden sein, die ihre Sache verstanden. Aber sie müssen doch gewußt haben, daß zur Zeit kein Geld im Haus aufbewahrt wurde. Was mögen die nur gewollt haben?«

»Übrigens wurde uns der Einbruch nicht gemeldet, weil der Herzog selbst bei einer anderen Gesellschaft versichert ist. Aber ich habe es auf Umwegen erfahren und es mir zur Warnung dienen lassen. Deshalb möchte ich meine Vorkehrungen treffen. Der Herzog hat überall neue Türschlösser anbringen lassen und auch einen neuen Safe gekauft, einen der besten, die augenblicklich gebaut werden. Ich habe auch erfahren, daß die Bibliothek, in der der Geldschrank aufgestellt ist, während der Anwesenheit der Gäste von besonderen Posten bewacht wird.«

»Glauben Sie denn, daß Soapy etwas mit der Sache zu tun hat?«

»Ja. Er ist zur Zeit der einzige große Geldschrankknacker. Sie sollen nun nach Windhever Castle fahren und den Herzog aufsuchen. Von einem unserer Kunden habe ich mir ein Empfehlungsschreiben für Sie geben lassen. Sagen Sie ihm, daß Sie ihn in jeder Weise unterstützen wollen, und sehen Sie sich die Dienstboten an. Vielleicht können Sie den einen oder anderen als Verbrecher entlarven. Und seien Sie vor allem in der Nacht nach dem Hauptrennen auf dem Posten. Am Abend gibt die Herzogin einen großen Ball, und über Nacht werden die Penson-Smaragde in den Safe eingeschlossen. Lady Penson gehört zu den Gästen der Herzogin. Und vergessen Sie nicht ...«

»Sie haben mir schon so viel erzählt, daß ich es sicherlich nicht vergesse«, sagte Bob und empfahl sich.

*

Der Herzog war ein verhältnismäßig kleiner, hagerer Herr mit schmalem Gesicht und wenig ausdrucksvollen Zügen. Er stand in dem Ruf, ein großer Denker und Gelehrter zu sein, wahrscheinlich, weil er eine ausgedehnte und kostbare Bibliothek besaß und stets anderer Meinung war als die Leute, mit denen er sich unterhielt.

Er empfing Bob in der Bibliothek und reichte ihm seine müde, welke Hand.

»Ich glaube nicht, daß Sie sich um die Sicherheit des Schmucks meiner Gäste bemühen müssen. Aber da dieser Lord mir geschrieben hat, daß es sein Wunsch ist, können Sie sich frei im Haus bewegen. Nur die Zimmer meiner Frau dürfen Sie natürlich nicht betreten.«

»Ich verstehe vollkommen. Durchlaucht haben sicher schon alle Vorsichtsmaßregeln getroffen?«

»Selbstverständlich. Ich habe einen neuen Safe hier –«, er zeigte auf den großen Stahlschrank, der ein kleines Messingschild mit dem Namen einer führenden Firma trug. »Draußen vor dem Fenster steht einer der Diener Wache. Ich lasse den Posten jede Stunde ablösen, und Sie werden zugeben, daß es länger als eine Stunde dauert, diesen Schrank zu öffnen.«

Das mußte Bob zugeben. Er war davon überzeugt, daß es selbst mit modernsten Mitteln kaum möglich sein würde, diesen Safe aufzuschweißen.

»Wenn dieser Lord Pembroke glaubt, daß die Juwelen seiner Frau hier nicht sicher sind, dann braucht er ja nicht zu kommen«, fuhr der Herzog fort. »Ich habe zweihundert Pfund ausgegeben, nur um das Haus mit einer Alarmanlage auszustatten. Außerdem habe ich einen neuen Safe gekauft und überall neue Schlösser einbauen lassen.«

Er reichte Bob die Hand.

»Also suchen Sie möglichst unauffällig hier Wache zu halten. Am besten ist es, wenn Sie sich mit dem Butler in Verbindung setzen. Der wird Ihnen nach Kräften helfen.«

Bob folgte der Aufforderung und sprach mit ihm.

»Es gibt vom Park aus nur einen Eingang zur Bibliothek«, erklärte ihm dieser. »Das ist eine kleine Tür, die der Herzog immer benutzt. Außerdem hat die Bibliothek noch zwei andere Türen, die mit neuen Schlössern ausgestattet worden sind. Eine der beiden ist sogar von innen mit einer Stahlplatte versehen.«

»Kann ein Einbrecher nicht auch vom Haus aus in die Bibliothek kommen?«

»Dazu müßte er den Hauptkorridor entlanggehen, und dort halte ich während der Nacht Wache.«

Bob fuhr mit der Hand über das Kinn.

»Sie kennen doch alle Diener seit Jahren?« fragte er.

»Jeden einzelnen«, entgegnete der Butler prompt. »Sie sind alle hier in der Gegend aufgewachsen, und mit einer Ausnahme waren sie auch dauernd bei dem Herzog im Dienst.«

*

Es war Bob klar, daß sein Auftauchen in diesem kleinen Dorf sofort die Aufmerksamkeit auf ihn lenken würde. Ein paar Stunden nach seiner Ankunft wußten auch bereits alle Leute, warum er hergekommen war. Der Wirt des kleinen Gasthauses, in dem Bob logierte, hatte versucht, eine Unterhaltung mit ihm anzufangen, um seine Meinung über den letzten Einbruch im Schloß zu erfahren. Die ganze Gegend sprach noch darüber.

»Man erwartet für nächste Woche eine Anzahl von Damen und Herren zu den Rennen«, sagte der Wirt, während er das Essen servierte. »Ich habe gehört, Sie sollen hier aufpassen, damit nichts gestohlen wird?«

»Ja, da haben Sie ungefähr recht.«

»Aber diesmal können die Einbrecher doch nichts machen. Der junge Mann von der Geldschrankfabrik sagte, es sei unmöglich, den Safe zu öffnen, den er beim Herzog eingebaut habe.«

»Das dürfte auch sehr schwierig sein«, meinte Bob gut gelaunt.

»Mich wundert nur, warum sie den Einbruch ins Schloß überhaupt gemacht haben. Alle Leute im Dorf wußten doch, daß der Herzog nicht dort war, und sogar das Silbergeschirr hatte er zur

Bank schaffen lassen. Ich habe mit Mr. Cole, dem Kammerdiener des Herzogs, darüber gesprochen, und der bestätigte mir auch, daß die Kerle verrückt gewesen sein müßten. Sehen Sie, da kommt er gerade«, sagte er, während er zum Fenster hinausblickte.

Bob sah gleichfalls hinaus und bemerkte einen der Diener, den er am Morgen schon im Schloß gesehen hatte. Der Mann mochte etwa dreißig Jahre alt sein. Er war sauber und ordentlich gekleidet, aber sein Gesicht war ausdruckslos, wie man das von einem Kammerdiener nicht anders erwarten konnte.

»Er kommt öfter hierher, um ein Glas Wein zu trinken«, erklärte der Wirt. »Der Herzog hält große Stücke auf ihn, und Cole ist sozusagen seine rechte Hand. Der Mann ist hier in der Gegend geboren und war früher schon bei ihm. Dann ging er sechs Jahre nach Australien. Als sein Bruder kürzlich starb, mußte er hinüberfahren, um dessen Ländereien zu verwalten. Das Vermögen muß aber nicht groß gewesen, sein, denn als er wieder nach Windhever kam, hatte er kein Geld. Es war ein großes Glück für ihn, daß der Herzog in dem Augenblick gerade einen Kammerdiener brauchte und ihm die Stelle gab.«

Bob erhob sich und ging durch die Halle nach dem hinteren Hof. Der Kammerdiener erkannte ihn und legte die Hand an die Mütze. Bob unterhielt sich eine Zeitlang mit ihm und brachte das Gespräch schließlich auf englische Hügel und einzelne Berge, vor allem auf die einzelnen großen Erhebungen in Devonshire.

»Nein, da irren Sie sich«, sagte der Kammerdiener. »Hay Tor ist der höchste Berg in der Gegend, man kann ihn viele Kilometer weit sehen.«

»Ja, von der Spitze hat man eine glänzende Aussicht«, meinte Bob.

Der Kammerdiener zögerte einen Augenblick. »Oben bin ich nie gewesen«, meinte er. »Aber wenn ich es mir überlege, müssen Sie recht haben.«

Sie sprachen dann noch über Pferde, besonders über Ponys, und auch hier wußte Cole gut Bescheid.

»Mr. Cole, Sie müssen ein Glas Wein mit mir trinken«, sagte Bob und führte den Mann in das Privatzimmer, das er im Gasthaus bewohnte. Trotz des Widerspruchs des Wirtes holte er eigenhändig Flasche und Gläser. Vor der Tür blieb er stehen und reinigte sie noch besonders mit seinem Taschentuch.

»Also, auf Ihre Gesundheit«, sagte Mr. Cole und leerte sein Glas in einem Zug.

Bob nahm ihm das Glas aus der Hand und stellte es sorgfältig auf den Tisch. Dann gingen die beiden in die Gaststube. Später verabschiedete sich Bob von dem Kammerdiener, setzte sich in sein Zimmer und schrieb einen Brief an Douglas Campbell:

Ich glaube, ich habe das Geheimnis gelöst und kann den früheren Einbruch aufklären. Und ich kann auch jetzt schon voraussagen, wie der Einbruch in der Nacht nach dem großen Rennen ausgeführt werden soll. Ich habe von einem Glas einen Fingerabdruck abgenommen, an Hand dessen man in Scotland Yard wahrscheinlich wird feststellen können, daß es sich hier um einen alten Sträfling handelt. Der Mann heißt Cole und war angeblich sechs Jahre in Australien, und zwar kurz nach der Gefangennahme der Perres-Bande. Allem Anschein nach hat der Herzog keine Ahnung von Coles Vorleben, und das Verbrechen des Mannes ist auch den Dorfbewohnern unbekannt. Er kennt die Gegend von Dartmoor ganz genau, besonders die einzelnen Höhenzüge, und er weiß auch sehr gut Bescheid mit den Ponys der dortigen Gegend. Meiner Meinung nach war er im Gefängnis von Princetown.

Bob Brewer besuchte die Rennen in Goodwood, obwohl dort kaum die Möglichkeit bestand, Verbrecher zu beobachten. Er war fest davon überzeugt, daß die Leute, die es auf die Juwelen im Schloß abgesehen hatten, erst spät in der Nacht ans Werk gehen würden. Als er von den Rennen ins Gasthaus zurückkehrte, fand er ein Telegramm von Douglas Campbell vor.

Habe bedeutende Entdeckung gemacht. Ihre Theorie ist falsch. Fahre heute abend 7.53 Uhr nach Portsmouth. Kommen Sie mit dem Auto herüber und treffen Sie mich um zehn Uhr fünfzehn im Grand-Hotel.

Bob faltete das Telegramm zusammen und ließ den Wirt kommen. »Ich möchte telefonieren, um mir einen Wagen zu mieten«, sagte er. »Ich muß noch nach Portsmouth fahren.«

Um acht Uhr hielt ein Wagen vor der Tür. Bob ließ den Auftrag zurück, daß alle für ihn eintreffenden Nachrichten telefonisch durchgegeben werden sollten. Auch verabredete er mit dem Wirt, daß er ihm den Inhalt der Telegramme, die für ihn kämen, nach Portsmouth durchsagen sollte.

»Es tut mir leid, daß Sie schon fortgehen«, erklärte der Wirt. »Ich dachte, Sie würden wenigstens bis nach dem großen Ball beim Herzog bleiben.«

»Ich glaube nicht, daß meine Anwesenheit hier länger notwendig ist«, entgegnete Bob lachend, »und ich mache Ihnen jetzt ein Geständnis, das nur wenige Detektive in meiner Lage machen würden: Ich kann Ihnen im Vertrauen sagen, daß ich auf der falschen Spur war.«

Er mußte noch einige Zeit warten, denn er hatte ein Ferngespräch nach London angemeldet«. Kurze Zeit darauf läutete das Telefon, und er sprach mit Mrs. Campbell.

»Ich habe ein Telegramm von Ihrem Gatten erhalten, in dem er mir mitteilt, daß er mich in Portsmouth treffen will. Kann das stimmen?«

»Ja, er fährt mit dem Zug 7.53 Uhr nach Portsmouth«, erwiderte sie.

Bob legte den Hörer auf, und gleich darauf fuhr er in Richtung Chichester davon.

*

Um halb zwei war nach dem Ball bereits alles zur Ruhe gegangen, und das Schloß lag in Dunkelheit. Nur vor dem Gartentor der

Bibliothek wachte einer der Diener und räusperte sich ab und zu. Um Viertel nach zwei wurde er abgelöst. Kaum war er verschwunden, als ein Mann geräuschlos aus den Sträuchern des Parks hervorkam und auf den Posten zuging.

»Sind Sie es, Cole?« fragte er leise.

»Ja. Aber machen Sie schnell. In einer Dreiviertelstunde werde ich abgelöst.«

»All right«, brummte der andere.

Er ging an dem Posten vorbei zur Tür, aber als er sich zum Schlüsselloch neigte, um aufzuschließen, legte sich plötzlich ein Arm um seinen Hals, und eine Hand faßte in seine Tasche und nahm die geladene Pistole heraus.

»Wollen Sie sich zur Wehr setzen und Spektakel machen, oder kommen Sie ruhig mit, Soapy?«

»Ich komme mit«, entgegnete der Verbrecher mit philosophischer Ruhe und streckte ohne weiteres seine rechte Hand, aus, um sich fesseln zu lassen.

»Sie sind also nicht Cole, sondern Brewer?«

»Erraten, mein Junge. Vor allem werde ich Ihnen erst einmal alle Nachschlüssel und Dietriche abnehmen, die Sie bei sich haben, ferner den Schlüssel zum Geldschrank und den Schlüssel zu dieser Tür.«

»Ich dachte, Sie wären in Portsmouth?«

»Glauben Sie denn, daß Sie mich mit einem so einfachen Trick hereinlegen können?«

»Aber Sie haben doch mit Mrs. Campbell telefoniert.«

»Ich wußte zufällig, daß Mr. Campbell sowieso nach Portsmouth fahren mußte, und Sie haben es wahrscheinlich auch gewußt. Kommen Sie mit, Soapy. Sie werden wieder ein paar Jahre in Dartmoor sitzen.«

*

»Die Verbrecher hatten sich die Sache leicht gemacht; der Trick ist schon früher angewendet worden«, erklärte Bob dem Direktor der

Versicherungsgesellschaft. »Der erste Einbruch war natürlich nur vorgetäuscht, um die Unzulänglichkeit der Schlösser und des Geldschrankes offenbar zu machen. Kurz darauf machte Soapy als Vertreter der Geldschrankfabrik einen Besuch bei dem Herzog und überredete ihn, sein ganzes Haus neu sichern zu lassen.

Der Herzog ist geizig über alle Maßen. Als Soapy ihm daher den Vorschlag machte, ihm einen neuen Geldschrank, neue Schlösser an den Türen und neue Sicherungen für zusammen zweihundert Pfund zu liefern, nahm er das Angebot an. Ich kam darauf, weil der Herzog mir erklärte, er habe zweihundert Pfund für alles bezahlt. Ich wußte aber, daß allein der Safe mindestens das Doppelte wert war. Soapy hatte einen alten Freund im Hause. Er brauchte also nur hinzugehen, die Tür aufzuschließen und den Safe zu öffnen, von dem er natürlich auch die Schlüssel besaß, da er ihn ja selbst dem Herzog verkauft hatte. Dann konnte er sich mit der Beute davonmachen. Niemand hätte erfahren, wann oder wie der Einbruch verübt wurde. Es war natürlich für Soapy ein glücklicher Zufall, daß Cole Kammerdiener im Hause war.«

»Was hat der Herzog denn dazu gesagt?« fragte Campbell.

»Er hat furchtbar geflucht, geschimpft und getobt, weil er den besten Kammerdiener dadurch verlor.«

»Ich sage Ihnen ja immer wieder, diese vornehmen Leute sind dickköpfig und schwer von Begriff –«

»Wir wollen uns lieber über meine Spesen unterhalten, die diesmal ziemlich hoch geworden sind!«

3

Als Henry Vandersluis den Entschluß faßte, in die führenden Kreise der englischen Gesellschaft vorzudringen, ging er mit derselben Gründlichkeit und Hartnäckigkeit vor wie im Geschäftsleben. Es war ihm gelungen, die großen Vandersluis-Werke zu gründen, den größten Konzern auf dem Gebiet der Möbelindustrie.

Er siedelte mit seinem Vermögen von zwanzig Millionen Dollar nach England über, zeigte gleich eine besondere Vorliebe und Bewunderung für die englische Aristokratie und faßte den festen Entschluß, auch zu ihr zu gehören. Mr. Vandersluis war ein Streber, und die eisige Kälte des englischen Adels schreckte ihn nicht ab, ebensowenig kümmerte er sich um die vielen Zurückweisungen, die er bei seinen Bemühungen erfuhr.

Er kaufte einen wunderbaren Landsitz in Somersetshire, eine Stadtwohnung am Grosvenor Square, einen Rennstall und eine prachtvolle Jacht, die in den Zeitungen als schwimmender Palast bezeichnet wurde.

Die Motorjacht »Oisa« war hochelegant eingerichtet und schnittig in ihren Umrißlinien. Sie hatte fabelhafte Maschinen, einen ausgezeichneten Kapitän, hervorragende Offiziere und eine gutgeschulte Besatzung. Nur eins fehlte: die Gäste. Die »Oisa« war ein Palast mit einem König ohne Hof und Höflinge.

In den wundervollen Kabinen hätten Prinzen wohnen können. Meistens schliefen dort aber die Geschäftsfreunde von Mr. Vandersluis, die gar keine Titel besaßen. An Bord der Jacht befand sich auch ein prachtvoller Empfangssalon. Dort saß Mr. Vandersluis und las die Briefe von den Vertretern der höheren Aristokratie, in denen sie mitteilten, daß sie es tief bedauerten, leider nicht imstande zu sein, seiner freundlichen Einladung zu folgen.

Die große Seglerwoche von Cowes begann. Auf der Reede lagen die wunderbarsten, weißen Privatjachten vor Anker, und in dem großen Jachtklub ging es hoch her. Jede Jacht, und wenn sie auch noch so klein war, hatte eine Gesellschaft an Bord, nur die »Oisa« machte eine Ausnahme. Dort befand sich nur Mr. Vandersluis, und er war durchaus nicht in freundlicher Stimmung.

Er stand auf dem Oberdeck der »Oisa«, umgeben von einer Anzahl luxuriöser, aber leerer Decksessel. Neben ihm stand sein Sekretär, ein düster dreinblickender junger Mann, der von morgens bis abends Gummi kaute.

Vandersluis blickte von den anderen Jachten auf sein eigenes Deck, auf dem er sich so einsam fühlte.

»Großartig, finden Sie nicht auch?« fragte er bitter. »Ich möchte am liebsten eine Kapelle mieten, die Besatzung mit Champagner traktieren und dann zwischen all den anderen Booten umherfahren.«

»Morgen wird es schon anders werden«, entgegnete der Sekretär. »Ich sagte Ihnen ja gleich zu Anfang, es würde einsam und still werden. Warum haben Sie nicht Mr. Smithers und Mr. Jackson eingeladen?«

»Smithers und Jackson sind verreist«, entgegnete Mr. Vandersluis wütend. »Außerdem kann ich diese Leute aus der City nicht leiden. Die reden den ganzen Tag nur darüber, wo sie in London am besten zu Abend speisen können, wie sie die Bank von England hereingelegt haben und dergleichen nebensächliche Dinge. Aber morgen wird es anders«, fügte er mit einem grimmigen Lächeln hinzu. »Morgen kommen die vielen jungen Damen – Sie haben doch einen Extrazug für sie bestellt?«

»Selbstverständlich. Gaba de Vere, Gertie Summers, Teddy Bristowe und alle die anderen berühmten Stars kommen.«

»So ist es recht«, sagte Mr. Vandersluis. »Man muß erst die Frauen haben, dann bekommt man auch die Männer. Ich wette, wenn die anderen erfahren, daß all die Mädels an Bord sind, müssen wir Extra-Leitern über die Reling legen, damit sie alle schnell genug heraufkommen können.«

Er sprach zwar durchaus überzeugt, aber er glaubte nicht an seine eigenen Worte. Nachdem er eine Weile auf und ab gegangen war, trat er wieder zu seinem Sekretär.

»Ich dachte, daß die andere Idee auch gut gewesen wäre, George; Ich habe den besten Roulettetisch, den man an Bord einer Jacht finden kann. Meinen Sie, daß das in den Kreisen, auf die es ankommt, bekannt genug ist?«

»Ganz bestimmt«, entgegnete der junge Mann. »Ich habe dafür gesorgt, daß man an Land und auf den Jachten davon spricht.«

»Haben Sie auch die kurze Notiz in die Presse gebracht?«

George nickte und zog einen Zeitungsausschnitt aus seiner Westentasche.

»Hier steht der kleine Artikel.«

Mr. Vandersluis klemmte sein Monokel ins Auge und las.

»Man sollte doch denken, daß das zieht«, sagte Mr. Vandersluis. »Mein Geld ist doch ebenso gut wie das anderer Leute. Aber wir locken nur Menschen an, die wir nicht haben wollen. Wer kommt denn da?«

Er zeigte über die Reling auf ein Boot, das direkt auf das Fallreep der Jacht zuhielt.

»Vielleicht ist das endlich mal jemand«, meinte Mr. Vandersluis begeistert.

»Der sieht aber mehr wie ein Büroangestellter aus«, erwiderte der etwas nüchterne George, der wenig Phantasie besaß. »Die Lords tragen keine weißen Flanellhosen und schwarzen Schuhe, wenigstens nicht die Lords, die ich getroffen habe.«

Der Fremde kam mit seinem kleinen Boot längsseits und stieg das Fallreep hinauf. Er grüßte Mr. Vandersluis, indem er den Strohhut abnahm, und zog dann einen Brief aus der Tasche. Mr. Vandersluis drehte das Schreiben nach allen Seiten und las auf der Rückseite ›Vereinigte Versicherungsgesellschaften‹.

»Ach, ist das ein Geschäftsbrief?« fragte er und riß den Umschlag auf.

Sehr geehrter Herr!

Ich habe in den Morgenzeitungen zu meiner größten Beunruhigung von den bedeutenden Geldsummen gelesen, die Sie an Bord der ›Oisa‹ mit sich führen. Ich schicke diesen

Brief durch einen besonderen Boten, nicht weil ich Sie stören, sondern weil ich Ihnen helfen möchte. Darf ich Sie bitten, unter diesen Umständen, besonders da Sie gegen Diebstahl bei uns hoch versichert sind, unseren besten Detektiv, Mr. Bob Brewer, bei sich an Bord der Jacht als Gast aufzunehmen? Sicherlich haben Sie schon in Amerika von ihm gehört.

Mr. Brewer hat mir berichtet, daß zur Zeit auf der Insel Wight eine besonders gefährliche Verbrecherbande ihr Unwesen treibt, und er fürchtet, daß der Artikel in der Zeitung die Verbrecher auf den Gedanken bringen wird, Ihnen einen unerwünschten Besuch an Bord abzustatten. Wir haben es so eingerichtet, daß Mr. Brewer morgen zu Ihnen kommt, und zwar in der Verkleidung eines Matrosen, der bei Ihnen an Bord Anstellung findet. Unser Mr. Brown, der dieses Schreiben überbringt, wird Ihnen morgen Mr. Brewer zeigen, das heißt, nur aus der Ferne. Es wäre unserer Meinung nach verkehrt, wenn Sie zusammen an Deck gesehen würden oder wenn die andere Besatzung etwas davon erfahren sollte. Es freut uns, daß wir Ihnen zu Diensten sein können. Sonderkosten werden hierfür nicht berechnet.

Douglas Campbell.

Mr. Vandersluis faltete den Brief zusammen und betrachtete den Überbringer durch sein Monokel.

»Kennen Sie den Inhalt des Schreibens?«

»Jawohl!«

Der Millionär verzog den Mund.

»Es ist mir unangenehm, Detektive an Bord zu haben«, sagte er dann. »Meiner Meinung nach bin ich imstande, selber auf meine Wertsachen und mein Geld aufzupassen, aber wenn dieser Mann von der Versicherung an Bord kommen will, habe ich schließlich nichts dagegen. Sie können Mr. Brewer ein Telegramm senden und ihm mitteilen, daß ich ihn erwarte.«

Er rief George herbei.

»Dies ist Mr. Brown. Sorgen Sie dafür, daß er Quartier für die Nacht bekommt. Was wollen Sie trinken?«

»Limonade«, entgegnete der bescheidene und zurückhaltende Mr. Brown.

Mr. Vandersluis stöhnte, denn er hatte fünfzig Kisten besten französischen Sekt an Bord.

Am Abend beim Essen trank Mr. Brown aber doch zwei Gläser Portwein, und unter dem Einfluß des Alkohols redete er frei und offen. Er, George und Mr. Vandersluis waren die einzigen, die bei Tisch saßen, und sie sahen ziemlich verloren in dem großen, prachtvollen Speisesaal aus.

»Die ganze Gesellschaft ist nicht viel wert!« erklärte Mr. Vandersluis.

»Das ist auch Mr. Campbells Meinung«, erwiderte Mr. Brown, »Er sagt, daß die Gesellschaft –«

»Ich will nicht wissen, was Mr. Campbell sagt«, erklärte Vandersluis. »Er hat kein Recht, sich derartig über die Gesellschaft zu äußern. Erstens gehört er nicht dazu, zweitens ist er der Diener dieser Leute – auch der meine.«

»Das ist es ja gerade, was Mr. Brewer ihm immer sagt«, entgegnete Mr. Brown, der sich nicht im mindesten einschüchtern ließ.

»Brewer? Ach, das ist der Mann, der morgen an Bord kommen soll? Wer ist denn das eigentlich? Ich glaube, daß ich schon von ihm gehört habe.«

»Er ist ein sehr netter, umgänglicher junger Mann«, sagte Brown. »Und er kann in unendlich vielen Verkleidungen auftreten.«

»Ach, den brauchen Sie mir erst gar nicht zu zeigen, den kenne ich unter Tausenden heraus. Diese Detektive haben etwas an sich, das sie schon auf einen Kilometer Entfernung kenntlich macht. Und außerdem ist diese Angst, daß die Verbrecher hier an Bord kommen sollen, doch einfach kindisch. Wie sollten sie das wohl anstellen? Ich habe zwanzig Mann Besatzung, die Heizer eingerechnet, und ich liege einen guten Kilometer vom Ufer entfernt. Und glauben Sie mir, ich kann mit einer Pistole besser umgehen als irgend jemand, der heute abend in Cowes ist.«

»Das glaube ich schon«, sagte Mr. Brown und goß sich noch ein Glas Portwein ein.

»Sie haben alle versucht, mir das Geld abzunehmen – die Bande von Moore und die von O'Donovan. Aber es ist keinem gelungen. Mir hat noch keiner einen Dollar abgenommen, mein Junge, darauf können Sie sich verlassen.«.

»Als ich heute an Bord kam«, erklärte Brown schon ein wenig schläfrig, »dachte ich sofort, das ist ein Mann, dem man nicht einen einzigen Dollar abnehmen kann.«

Mr. Vandersluis sah ihn belustigt an.

»Sie scheinen ja nicht viel vertragen zu können. Es wäre vielleicht doch besser gewesen, wenn Sie Limonade getrunken hätten.«

»Ich bin vollkommen nüchtern«, erwiderte Mr. Brown und versuchte aufzustehen. Aber dann setzte er sich sehr schnell wieder in seinen Sessel und machte ein verdutztes Gesicht.

»Also, setzen Sie sich einmal bequem hin«, sagte Mr. Vandersluis. »George, helfen Sie mir.«

Sie führten Mr. Brown zu einem prachtvollen Klubsessel, dann gingen sie an Deck.

Mr. Vandersluis hatte die Gewohnheit, bis zwölf Uhr nachts an Deck zu bleiben, aber es machte ihm wenig Vergnügen. Von Bord der anderen Jachten hörte er fröhliches Lachen.

Sein Sekretär George legte beim Schein der großen Decklampen Patience.

Mr. Vandersluis lehnte gerade an der Reling, als ihn plötzlich eine Stimme aus dem Dunkel anrief.

»Jacht, ahoi!«

Es war kurz vor Mitternacht, und Mr. Vandersluis zögerte. Er wußte nicht recht, wie er sich verhalten sollte, denn es war die Stimme einer Dame.

Gleich darauf hörte er sie schon bedeutend näher.

»Helfen Sie mir bitte, ich habe ein Ruder verloren!«

Er sah auf das Wasser hinunter und entdeckte ein kleines Boot. Er rief nicht erst einen Matrosen, sondern eilte selbst hinunter, nahm die Leine, die an der Reling hing, und warf sie geschickt nach dem Boot hinüber.

Es war eine Dame in Abendkleidung. Er half ihr auf die untere Plattform des Fallreeps, machte das Boot fest und führte sie an Deck. Im hellen Licht sah er, daß sie jung und schön war. Sie trug ein kostbares Kleid, und ihr Perlenhalsband war ein kleines Vermögen wert. Aber sie schien sehr müde zu sein und sank in einen bequemen Korbsessel.

»Holen Sie etwas Kognak, George«, sagte Mr. Vandersluis, der von dem Abenteuer begeistert war, »oder besser eine Flasche Sekt«, fügte er hinzu, und seine Augen strahlten bei diesem guten Gedanken.

Die junge Dame trank das Glas Sekt in einem Zug aus und sah ihn mit einem dankbaren Lächeln an.

»Es war eine große Torheit von mir. Ich dachte, ich könnte allein zur Jacht meines Vaters zurückrudern. Als ich aus dem Klub kam, war der Matrose nicht im Boot; und so ruderte ich selbst. Ich bin Lady Mary Glendellon«, stellte sie sich vor. »Mein Vater ist der Earl von Crouboro.«

»Ich freue mich, Ihre Bekanntschaft zu machen«, erwiderte Mr. Vandersluis heiser und beinahe ehrfürchtig. »Ich hoffte, Ihren Vater zu sehen, aber er hatte leider eine wichtige Verabredung in Wales. Ich wußte nicht, daß er schon zurück ist.«

»O ja, er ist zurückgekommen. – Ich bin Ihnen sehr dankbar. Sie haben wahrscheinlich mein Leben gerettet. – Es war allerdings nicht recht von mir, ich blieb länger im Klub, als ich eigentlich bleiben sollte. Das heißt, wir waren nicht direkt im Jachtklub«, sagte sie ganz offen, »sondern wir gingen nachher noch zu Lord Bentel. Aber das dürfen Sie meinem Vater nicht erzählen. Dort haben wir Bakkarat gespielt.«

Mr. Vandersluis lächelte höflich und diskret.

»Ach ja, die modernen jungen Damen! Was würde wohl Ihre Großmutter sagen, wenn sie erführe, daß Sie Bakkarat spielen?«

Sie lachte, und er lachte auch, sie schienen sich gut zu verstehen.

»Ach, hier ist es so schön und bequem! Was haben Sie doch für eine elegante Jacht«, sagte sie und schaute sich begeistert um. »Führen Sie mich doch bitte umher, bevor ich fortgehe.«

Er kam ihrem Wunsch nur zu gern nach, und sie war von allem entzückt.

»Morgen muß ich unbedingt wiederkommen und meinen Vater mitbringen«, erklärte sie, und Mr. Vandersluis holte tief und befriedigt Atem. »Er muß diese Jacht sehen. Sie ist ja herrlich! Und ich will auch die Herzogin von Thacham herbringen, eine sehr vornehme und nette Dame.«

Sie waren wieder zur Tür des Salons gekommen, und die junge Dame war bereits eingetreten, als Mr. Vandersluis einfiel, daß Mr. Brown, der noch in seinem Sessel schlief, gerade keinen sehr vornehmen Eindruck machte. Er gab daher seinem Sekretär, der vorausging, einen Wink, und mit einem kräftigen Ruck schob George den Sessel so weit herum, daß nur die Rückenlehne zu sehen war.

»Dies ist der Gesellschaftssalon.«

Der Tisch war abgeräumt, und Vasen mit duftenden Rosen standen auf der Tafel. Sie ließ sich nieder und legte eine große, seidene Handtasche vor sich hin. Mr. Vandersluis nahm links von ihr Platz und fürchtete jeden Augenblick, daß dieser unheimliche, betrunkene Mr. Brown zu schnarchen anfangen könnte.

»Es war ein recht aufregender Tag für mich«, seufzte die junge Dame.

»Meinen Sie nicht, daß ich Sie zu Ihrer Jacht zurückrudern lassen sollte?« fragte Mr. Vandersluis. »Der Earl von Crouboro ist doch sicherlich sehr besorgt um Sie?«

»Ach nein«, entgegnete sie lachend. »Ich glaube, Sie wissen nicht, wie wir zu leben gewohnt sind, Mr. – ach, ich habe Ihren Namen vergessen.«

»Vandersluis.«

»Ja, es war ein kolossal aufregender Tag.« Sie zählte ihre Abenteuer auf. »Erstens wäre ich fast auf dem Meer verlorengegangen, dann habe ich tausend Pfund im Bakkarat gewonnen, und schließlich wurde mir beinahe mein Perlenhalsband gestohlen.«

»Was, die kostbare Kette?«

»Ja. Haben Sie noch nichts davon gehört? Es treiben sich zur Zeit entsetzliche Leute in Cowes herum. Ich glaube, es sind amerikanische Verbrecher. Eine ganz gemeine Bande, zwei Männer und eine Frau. Wissen Sie denn nichts davon?«

Mr. Vandersluis wußte nichts, aber er nickte. Er hatte es sich zur Regel gemacht, alles zu wissen, was in der Welt vorging und was die Welt wußte, selbst wenn er keine Ahnung davon hatte.

»Und diese entsetzliche Frau selbst – wie heißt sie doch gleich? Perlen-Sara! Ist das nicht ein lächerlicher Name?«

»Ach ja, ich habe schon von ihr gehört«, sagte Mr. Vandersluis. »Wie hat sich denn die Sache zugetragen?«

»Sie kam heute morgen an Bord«, sagte Lady Glendellon, »und gab vor, von mir als Zofe engagiert worden zu sein. Ich war gerade an Land, und da ich tatsächlich ein junges Mädchen engagiert hatte, stellte auch niemand weitere Fragen an sie. Man zeigte ihr meine Kabine, und wenn unser Obersteward nicht auf der Hut gewesen wäre, hätte sie mir meinen ganzen Schmuck geraubt. Aber der Mann zwang sie, die Kabine zu verlassen, und sie konnte nicht ein einziges Schubfach öffnen, bis ich zurückkehrte.«

»Da hatten Sie aber wirklich Glück. Ist die Perlen-Sara denn entkommen?«

Lady Glendellon nickte.

»Sie ging unter irgendeinem Vorwand an Land und ließ sich nicht wieder sehen. Die Sache hat mich ziemlich in Aufregung versetzt.«

Mr. Vandersluis versuchte die Unterhaltung fortzusetzen, aber das junge Mädchen schien zerstreut zu sein.

»Würde wohl einer Ihrer Leute mich ans Ufer rudern?« fragte sie schließlich.

»Ans Ufer?«

Sie nickte.

»Ach, es ist geradezu wie ein Fieber«, sagte sie und lachte vergnügt. Dann steckte sie die Hand in ihre Tasche und holte einen Stoß Spielkarten und ein großes Paket Banknoten heraus.

Mr. Vandersluis wußte nicht, was er sagen sollte.

»Aber Sie wollen doch nicht etwa das Geld verspielen?« fragte er.

»O nein!« entgegnete sie selbstbewußt. »Ich habe in den letzten zwölf Monaten dauernd gewonnen.«

»Nun, wenn Sie durchaus Bakkarat spielen wollen, können Sie auch mit mir spielen«, sagte Mr. Vandersluis. »Ich habe nicht die Absicht, Ihnen Ihr Geld abzunehmen«, fügte er hinzu, als er sah, daß sie zögerte.

»Bitte, sagen Sie doch so etwas nicht«, bat sie. »Wenn Sie wollen, will ich gern mit Ihnen spielen, aber Sie dürfen meinem Vater nichts davon erzählen.«

Sie spielten, und Mr. Vandersluis gewann ein Spiel nach dem anderen. Der Haufen Geldscheine, den sie vor sich auf den Tisch gelegt hatte, wurde immer kleiner. Vandersluis überlegte sich schon, unter welchem Vorwand er ihr später das Geld zurückgeben könnte. Andererseits war er froh, daß er nun wirklich mit den führenden Kreisen der Aristokratie in Berührung gekommen war. Jeder Eingeweihte wußte, daß der Earl von Crouboro sehr großen Einfluß besaß und daß man mit einer Einführung bei Hofe rechnen konnte, wenn man ihn zum Freund hatte. Als sie das vor sich liegende Geld verspielt hatte, holte sie aus ihrer Handtasche ein neues Bündel Banknoten hervor.

»Das habe ich alles gewonnen, Sie können es mir also ruhig wieder abnehmen. Das hier ist meine Bank, und ich setze zweitausend Pfund.«

»Einverstanden«, erwiderte Mr. Vandersluis höflich und verlor den Satz.

Er gewann zwischendurch, aber im allgemeinen verlor er, sie spielten fast eine Stunde lang. Er schickte seinen Sekretär nach dem Geldschrank, und George brachte ein Bündel Hundertpfundnoten, die langsam dahinschwanden.

Mr. Vandersluis wurde es heiß und kalt. Es war ein großer Unterschied, ob man von einer jungen Dame große Summen gewann und ihr das Geld wieder zurückgeben wollte oder ob man selbst große Summen beim Spiel zusetzte.

»Machen Sie das Fenster auf«, rief Mr. Vandersluis seinem Sekretär zu. »Es ist furchtbar heiß hier. Und bringen Sie mehr Geld.«

Das Geld kam. Als er die Hälfte davon verloren hatte, sah Lady Mary plötzlich auf ihre Armbanduhr und stieß einen leisen Schrei aus.

»Ach, es ist schon Viertel nach zwei«, sagte sie und steckte die Banknoten, die vor ihr lagen, in die Tasche. »Jetzt muß ich aber gehen.«

Ein Licht glitt draußen vorbei. Sie sprang auf und schaute hinaus. »Ach, das ist ja die Jacht meines Vaters. Er muß gehört haben, daß ich hier bin. – Gute Nacht, Mr. Vandersluis, ich werde Ihnen morgen einen Besuch machen.«

Mr. Vandersluis schwitzte heftig, er hatte schwer verloren und reichte ihr gezwungen lächelnd die Hand.

»Wollen Sie mir nicht erst noch gute Nacht sagen?« fragte Mr. Brown, der plötzlich vor der Tür stand. Er hatte die Hände in den Taschen und lächelte zufrieden.

Die junge Dame runzelte die Stirn.

»Wie bitte?« entgegnete sie kühl.

»Wollen Sie mir wirklich nicht guten Abend sagen, Sara?« fragte Bob Brewer. »Es ist zwar schon viele Jahre her, daß wir uns das letztemal trafen, aber sicherlich erinnern Sie sich noch an den Abend, an dem ich Sie gefangennahm, weil Sie James H. Seidlitz vollkommen ausplünderten?«

»Ach, Sie belästigen mich«, erwiderte, sie. Dann sprang sie wie der Blitz zum Fenster und rief etwas hinaus.

»Ach, machen Sie sich keine Sorge wegen Ihrer Komplicen«, meinte Bob. »Draußen wartet ein Polizeiboot auf Sie, seit Sie an Bord kamen.«

»Was hat denn das alles zu bedeuten?« fragte Mr. Vandersluis atemlos. »Ist sie denn nicht die Tochter des Earls von Crouboro?«

»Ich weiß nichts von dem Privatleben des Earls«, entgegnete Bob. »Aber wenn sie tatsächlich seine Tochter sein sollte, so weiß er noch nichts von seinem Glück.«

4

»Warum gehen die Leute überhaupt nach Ostende?« fragte Bob Brewer den Generaldirektor der Vereinigten Versicherungsgesellschaften ärgerlich.

Douglas Campbell schüttelte den Kopf.

»Ja, warum tun die Leute das! Weil ein anderer es auch tut! Ostende mag ich übrigens persönlich auch sehr gern. Ich liebe das Meer, den Strand, die Hotels; und ich sitze gern im Kursaal und höre dem Orchester zu.«

»Es kommt gar nicht darauf an, was Sie lieben«, erklärte Bob. »Ich frage Sie nur, warum andere Leute dorthin gehen, die genug Geld haben, um es mit vollen Händen auszugeben?«

»Nun, es gibt doch mancherlei Vergnügungen in Ostende. Da sind zum Beispiel die Spielbanken, wo man Geld gewinnen oder verlieren kann, je nachdem man Glück hat. Und man kann dort gut essen. Frische Hummern sind eine Spezialität von Ostende. Ich habe Ihnen ein Zimmer in einem kleinen, nicht allzu teuren Hotel in der Nähe des Hafens reservieren lassen.«

»Das können Sie sofort wieder abbestellen. Wenn ich überhaupt nach Ostende gehen soll, dann nehmen Sie für mich eine Luxuswohnung im ›Splendid‹. Soviel ich weiß, ist es das komfortabelste und beste Hotel am Platz.«

»Aber, guter Freund, es liegt doch nichts Besonderes vor«, entgegnete Mr. Campbell verzweifelt. »Sie sollen drüben nur die Leute beobachten. Es handelt sich nicht um einen besonderen Fall. Sie haben sozusagen Ferien. Die Direktoren unserer Gesellschaft wollen Ihnen auch einmal ein paar angenehme Tage gönnen, so daß Sie sich dort etwas erholen können. Wenn Sie natürlich sehen, daß ein Mann einem unserer Klienten die Nadel aus der Krawatte stiehlt, haben Sie die Verpflichtung, ihm das auszureden.«

»Also schön, ich fahre mal hinüber und schau mir den Betrieb an; aber ich protestiere dagegen, daß ich an dieser verdammt heißen Küste sitzen und mir die Sonne auf die Nase brennen lassen soll, daß sie sich häutet. Wie gesagt, besorgen Sie mir die Luxuszimmer im Hotel Splendid.«

»Könnten Sie nicht als ein netter, ruhiger Tourist hingehen?« fragte Mr. Campbell ängstlich. »Dann brauchen Sie doch nicht so viel Geld auszugeben. Das paßt doch auch gar nicht zu Ihrer Rolle.«

»Wenn ich schon eine Rolle spiele, dann gehe ich als Millionär. Das liegt mir bedeutend besser.«

*

In Wirklichkeit aber wohnte Bob im Hotel Desthermes, das lange nicht so teuer war wie das Splendid. Am ersten Tag machte er einen Ausflug in die Umgebung. Abends hörte er sich im Kursaal ein Konzert, an, dann ging er in die Spielsäle, die ihn sehr interessierten, und besuchte ein paar Cafés in der Hoffnung, irgendwelche Leute zu finden, die die Polizei suchte. Aber in dieser Beziehung hatte er kein Glück.

Am nächsten Morgen herrschte prachtvolles Wetter, und Ostende erschien ihm so schön und herrlich wie noch nie, als er in den sonnigen Tag hinaustrat und durch die Kuranlagen schlenderte.

Nach dem Frühstück machte er einen Besuch auf dem Polizeipräsidium. Der Beamte, den er dort traf, begrüßte ihn herzlich, denn sie hatten vor dem Krieg zusammen in New York gearbeitet.

»Nein«, erklärte der Polizeichef, »zur Zeit sind keine verdächtigen Charaktere in der Stadt. Wir beobachten die Dampfer sehr sorgfältig, wie es auch die englische Polizei jenseits des Kanals tut.

Lew Simmons ist durch die Kontrolle gekommen, aber ich erkannte ihn, ließ ihn in Haft nehmen und schickte ihn mit dem nächsten Dampfer wieder zurück. Ein paar Verbrecher, die von Paris über Brüssel hierherkamen, habe ich gleich am ersten Tag ihres Aufenthalts fassen können! Sie sitzen jetzt im Gefängnis von Gent, weil sie mit gefälschten Pässen gereist sind. Nein, Monsieur Brewer, in Ostende ist es zur Zeit ruhig.«

»Hm! Es ist mir ein wenig zu ruhig«, erwiderte Bob. »Ist übrigens nicht Teddy Bolter in Belgien?«

Der Polizeichef nickte.

»Das ist aber ein Mann, der sich gebessert hat. Er hat jetzt eine amerikanische Bar in der Rue Petit Leopold.«

»Ich werde Teddy einmal besuchen«, sagte Bob.

Mr. Bolter war ein untersetzter, breitschultriger Mann in mittleren Jahren.

»Sieh da, der Mr. Brewer«, sagte er und begrüßte den Detektiv herzlich, indem er ihm die Hand über den Schanktisch reichte. »Es geschehen also auch heute noch Wunder. Wollen Sie etwas Alkoholfreies haben, Mr. Brewer, oder soll ich Ihnen einen netten Bronx-Manhattan oder einen Martini mixen?«

»Ein Martini wäre nicht schlecht«, meinte Bob. »Nun, wie geht es, Teddy?«

»Ach, ganz gut. Ich führe ein anständiges, ordentliches Leben«, entgegnete Teddy langsam und mit besonderer Betonung. »Ich hoffe so viel Geld zu sparen, daß ich mir eine nette, kleine Villa in St. Jean de Luz leisten kann. Dort kann ich dann später meinen blondlockigen Enkelchen die bewegten Abenteuer meines früheren Lebens erzählen.«

»Das muß ja entzückend sein! Großartige Aussichten, Teddy! Ich sehe Sie schon im Geist auf der Terrasse Ihres kleinen Schlößchens im goldenen Sonnenschein. Sicherlich erzählen Sie dann die Geschichte, wie Sie in die Bank von Detroit einbrachen und den Wachmann erschossen. Das war allerdings ein böses Abenteuer!«

»Ja, das gehört jetzt aber alles der Vergangenheit an. Ich bin wirklich 'ne ehrliche Person geworden, Mr. Brewer, und ich würde viel darum geben, wenn ich mein Leben noch einmal von vorn beginnen könnte.«

»Das wird Ihnen wohl kaum beschieden sein. Warum machen Sie sich also deshalb große Kopfschmerzen? – Ist jemand von den Jungens hier?«

»Was meinen Sie damit?« fragte Mr. Bolter erstaunt. »Sie meinen doch nicht etwa –? Ich bin seit Jahren nicht mit solchen Leuten zusammengekommen; nur einmal hatte ich einen Südländer als Barmann, der hat die Kasse ausgeraubt und ist dann nach Holland geflohen.«

»Herzliches Beileid Das war wohl eine neue Erfahrung für Sie, daß andere Leute Ihnen mal etwas genommen haben.«

Mr. Bolter überhörte die Bemerkung.

»Nein«, sagte er und wischte energisch den Schanktisch ab, »mit den Geschichten hab' ich nichts mehr zu tun. Ich habe hier eine ganz nette Anzahl von Stammkunden, und die Trainer und Jockeis verkehren auch in meinem Lokal. Dadurch weiß ich allerhand über Pferde und dergleichen. Wollen Sie während der Rennen hier in Ostende bleiben, Mr. Brewer?«

»Das weiß ich noch nicht genau. Ich kann mich nicht festlegen.«

»Sind Sie geschäftlich hier?«

»Ja, ich mache zum Vergnügen auch Geschäfte oder ich mache mir ein Vergnügen aus dem Geschäft, das ist alles dasselbe«, erklärte Bob. »Aber wenn ich hierbleiben sollte, komme ich noch mal zu Ihnen und lasse mir einen Tip für die Rennen geben.«

»Da brauchen Sie gar nicht erst wiederzukommen«, sagte Teddy eifrig. »Ich kann Ihnen jetzt schon sagen, welches Pferd das große Hindernisrennen machen wird. Es ist Thotis. Der Gaul wurde extra von England hierhergebracht. Er gehört Mr. Mandle Jones.«

Bob war schon auf dem Weg zur Tür, aber als er diesen Namen hörte, drehte er sich wieder um. Mandle Jones war ein junger Mann, der das Geld mit vollen Händen hinauswarf und auch häufig Geld verlor.

»Ich möchte Ihnen auch einmal einen Gefallen tun«, fuhr Teddy fort, aber Bob machte eine abwehrende Handbewegung.

»Wirklich?« fragte er ruhig. »Meiner Meinung nach müssen doch gerade Sie nicht sehr gut auf mich zu sprechen sein.«

»Wir wollen Vergangenes vergangen sein lassen«, sagte Teddy kurz. »Sie haben damals nur Ihre Pflicht getan, und ich bin nicht ein Mann, der anderen lange etwas nachträgt. Glauben Sie es mir nur. Ich gebe Ihnen den guten Rat, auf Thotis zu setzen. Das Pferd ist heute morgen mit dem Dampfer angekommen, und wenn es das Rennen nicht gewinnt, will ich nicht Bolter heißen.«

»Na gut, ich will es mal auf Ihren Rat hin wagen«, sagte Bob und verließ das Lokal.

Er kehrte in sein Hotel zurück, wo er ein Telegramm vorfand:

›Dringend. Fahre nach Ostende – holen Sie mich heute nachmittag am Dampfer ab.‹

*

Bob war pünktlich am Kai, als die ›Prinzessin Clementine‹ anlegte.

»Willkommen in Ostende«, sagte Bob, als Douglas Campbeil ihm entgegenkam. »Sie sind gerade zur rechten Zeit gekommen, um Geld zu verdienen. Ich habe einen großartigen Tip für die morgigen Rennen.«

Mr. Campbell sah ihn an.

»Sie meinen doch nicht etwa Thotis?« fragte er, und Bob starrte ihn etwas erstaunt an.

»Sie haben wohl die Sportzeitungen gelesen, daher sind Sie so gut im Bilde. Was wissen Sie denn über Thotis?«

»Nichts«, erklärte Campbell. »Ich bin mit dem Besitzer des Pferdes herübergekommen, und ich möchte Sie mit ihm bekannt machen. Bleiben Sie einen Augenblick hier stehen.«

Der Besitzer des Rennpferdes war ein junger, elegant gekleideter Mann.

»Hallo, Campbell«, sagte er. »Ich dachte, ich hätte Sie verloren.«

»Ich möchte Ihnen Robert Brewer vorstellen«, sagte Campbell. Nachdem sie ein paar allgemeine Redensarten miteinander gewechselt hatten, ging er zur Zollabfertigung, wohin sein Diener bereits das Gepäck getragen hatte.

»Nun, warum sind Sie hergekommen?« fragte Bob.

Campbell erklärte es ihm erst, als sie das Hotel erreicht hatten.

»Bob«, begann er, »ich habe Ihnen schon oft von den Dummheiten vornehmer Leute erzählt.«

»Ja, schon viel zu oft«, entgegnete Bob.

»Ich habe gestern entdeckt, daß eine der uns angeschlossenen Firmen eine Versicherung abgeschlossen hat, die einfach unglaublich ist und an Wahnwitz grenzt. Daß ein Mitglied der Gesellschaft eine Versicherung hereinlegt, ist wirklich etwas Unerhörtes.«

»Um Himmels willen!« sagte Bob. »Sie meinen doch nicht etwa den jungen Mr. Mandle Jones?«

»Doch, eben den«, entgegnete Mr. Campbell. »Er ist zwar nicht aus einer alten und vornehmen Familie, aber er ist sehr reich und versteht es, Geld auszugeben. Hören Sie einmal gut zu.«

Er nahm sein Notizbuch aus der Tasche. »Dies sind die hauptsächlichsten Punkte der Versicherung, die der Mann mit uns abgeschlossen hat. Wir übernehmen es, all sein persönliches Eigentum gegen Diebstahl und Raub zu versichern, ganz gleich, wo ihm diese Gegenstände abgenommen werden. Ebenfalls versichern, wir ihn gegen Betrug Und betrügerische Übervorteilung. Der Generalagent, der diese Versicherung einging, hat natürlich seine Stellung verloren, und der Direktor der betreffenden Gesellschaft mußte seinen Posten aufgeben. Der Vertrag hat noch sechs Monate Gültigkeit. Bisher wurde der junge Jones von der Gesellschaft überwacht, die den Vertrag mit ihm abschloß, aber jetzt sind die Vertrags Verpflichtungen auf uns übergegangen, weil wir diese Firma aufgekauft haben.«

»Nun, und worauf läuft die Sache hinaus?«

»Mandle Jones hat in seinem Leichtsinn dreißigtausend Pfund in englischen Banknoten nach Ostende mitgenommen, um sie auf sein Pferd zu setzen, von dem wir eben sprachen.«

»Meiner Meinung nach kann er dabei aber nur sehr wenig gewinnen. Und wenn er tatsächlich beim Wetten verliert, müssen wir ihn doch nicht dafür entschädigen.«

»Wir haben ihn versichert gegen betrügerische Übervorteilung, und ich bin überzeugt, daß sie ihm das Geld schon durch irgendeinen Trick abnehmen werden. Leute, die etwas von der Materie verstehen, haben behauptet, daß sein Pferd überhaupt nicht geschlagen werden kann.«

»Ich werde midi einmal mit ihm unterhalten«, erwiderte Bob nach kurzer Überlegung. »Ich bin wirklich neugierig geworden.«

»Sprechen Sie heute abend im Hotel mit ihm. Ich habe ihn zum Essen eingeladen.«

Mr. Mandle Jones kam auch zum Essen, aber er war schlechter Stimmung und bedauerte allem Anschein nach, daß er die Einladung angenommen hatte.

»Ich kann heute abend nicht lange bleiben, und ich weiß auch nicht, warum Sie ausgerechnet mit nach Ostende kommen mußten«, sagte er zu Campbell. »Verzeihen Sie, daß ich so offen bin. Meiner Meinung nach war es gerade nicht sehr höflich von Ihrer Gesellschaft, sich in meine Angelegenheiten zu mischen, als ob man mir in Gelddingen nicht trauen könnte.«

»Mr. Jones«, entgegnete Campbell ernst, »ich war ein Freund Ihres Vaters. Sie werden also verstehen, daß ich die Interessen seines Sohnes vertreten möchte.«

Mr. Jones lachte. »Na, und tun Sie das etwa nicht? Ich habe mit Ihrer Gesellschaft einen Vertrag geschlossen – die Einzelheiten habe ich allerdings vergessen, aber ich glaube doch, daß ich gegen alle Verluste versichert bin, die ich durch Pferderennen erleiden kann.«

»Aber Sie können doch überhaupt nichts verlieren«, meinte Bob, »wenn alles, was ich von Ihrem Pferd gehört habe, wahr ist. Auf der anderen Seite begreife ich nicht, wie Sie etwas gewinnen wollen.«

»Wieso?« fragte Jones unangenehm berührt.

Bob zuckte die Schultern.

»Sie wissen doch sicher, wie Gewinn und Verlust beim Totalisator berechnet werden. Das vereinnahmte Geld wird unter die Gewinner verteilt, nachdem zehn Prozent davon abgezogen sind. Nehmen wir einmal an, daß Sie dreißigtausend Pfund setzen wollen.«

»Sie scheinen ja alles genau zu wissen«, sagte Jones und grinste.

»Außer Ihnen setzen vielleicht noch andere Leute zusammen zwanzigtausend Pfund. Das sind im ganzen fünfzigtausend Pfund – weniger zehn Prozent macht fünf und vierzigtausend Pfund, die auf die Gewinner verteilt werden. Sie können dann höchstens einen Gewinn von zehntausend Pfund machen.«

»Das ist mir vollkommen klar«, erwiderte Mr. Jones liebenswürdig. »Deshalb setze ich ja auch gar nicht am Totalisator.«

»Aber welcher Buchmacher würde denn eine Wette von Ihnen annehmen?« sagte Bob.

»Burgen & Brock«, entgegnete der andere prompt. Bob notierte sich sofort die Firma. »Ich habe schon mit den Leuten verhandelt. Die nehmen eine Wette 4:1 an. Was sagen Sie dazu?«

»Das müssen tatsächlich Menschenfreunde sein, die anderen Leuten Geld schenken.«

Als Mr. Jones den Speisesaal verlassen hatte, erhob sich Bob. »Campbell, ich will einmal ein paar Erkundigungen einziehen. Die Buchmacher nehmen Wetten in diesem Verhältnis doch gar nicht an. Da ist etwas nicht in Ordnung.«

Er wandte sich zunächst an den Hotelportier, der ihm in allen Dingen Auskunft geben konnte.

»O ja, ich kenne Burgen & Brock. Es ist die älteste Firma, die sich mit Rennwetten befaßt.«

»Sind die Leute ehrlich?« fragte Bob geradeheraus.

»Vollkommen. Die Firma hat die allerbeste Kundschaft – sehr viele englische Adlige, die nach Ostende kommen. Mr. Burgen starb vor einiger Zeit; Brock führt das Geschäft weiter.«

Bob schlenderte durch die Spielsäle im Kurhaus und fand dort mehrere englische Sportgrößen, unter anderem sprach er auch mit Lord Tathington.

»Brock führt das Geschäft nach dem Tod seines Partners weiter«, erklärte der Lord, »und er ist wirklich ein anständiger Geschäftsmann. Aber warum fragen Sie? Wollen Sie eine Wette mit der Firma abschließen?«

»Nein. Wo ist denn die Firma?«

»Brock hat ein Büro in Brüssel, aber er, kommt zu jedem Rennen entweder persönlich herüber, oder er schickt seinen Vertreter.«

Bob sah auf die Uhr. Er hatte noch zehn Minuten Zeit, um den Nachtzug nach Brüssel zu erreichen.

Mitten in der Nacht traf er in der belgischen Hauptstadt ein.

*

Am nächsten Tag, an dem auch die Rennen stattfanden, sah Douglas Campbell den Detektiv zur Mittagszeit wieder. Der Direktor fühlte sich nicht ganz wohl, er hatte so eine Ahnung, daß er das Geld verlieren würde.

»Nun, was haben Sie entdeckt?« fragte er.

»Sehr viel. Haben Sie schon einmal Nachforschungen über Buchmacher um drei Uhr morgens angestellt, obendrein in einer fremden Stadt? Wenn ich mich nicht sehr täusche, gehört Mr. Jones zu diesen etwas naiven Gemütern, die von ihrer eigenen Unfehlbarkeit völlig überzeugt sind und keinem anderen etwas zutrauen.«

Campbell nickte.

»Ja, das glaube ich auch.«

»Aber ich halte es jetzt für zu spät, ihn noch zu bekehren«, meinte Bob. »Vor allem müssen Sie mir versprechen, alles zu tun, was ich später sage.«

»Sie werden doch sein Pferd nicht vergiften?« fragte Campbell.

»Nein. Das Pferd selbst ist sehr gut bewacht, und es besteht wohl kaum eine Möglichkeit, an das Tier heranzukommen. Ich habe mich nach diesen Dingen sehr sorgfältig erkundigt.«

»Aber was soll denn das heißen, daß ich alles tun muß, was Sie mir sagen?« fragte Douglas Campbell etwas bedrückt.

»Sie müssen jeden Vorschlag, den ich mache, unbedingt annehmen. Wenn Sie fertig sind, wollen wir zur Rennbahn gehen.«

Das Rennen war sehr stark besucht, und sie hatten große Mühe, zum Sattelplatz zu kommen. Die Nummern für das erste Rennen wurden gerade hochgezogen, als sie Mandle Jones entdeckten, der sie auch gesehen hatte und ihnen aus dem Weg gehen wollte. Aber Bob trat dem jungen Mann in den Weg.

»Mr. Jones, ich möchte einen Vorschlag machen.«

»Los, sagen Sie, was Sie wollen.«

»Zunächst möchte ich Ihnen einmal erklären, daß ich Detektiv bin. Es gehört daher zu meinem Beruf, Fragen zu stellen. Wollen Sie auf Ihr Pferd wetten? Und zahlen Sie das Geld in bar?«

Jones runzelte die Stirn und zögerte.

»Ja«, sagte er dann kurz. »Ich habe das Geld mitgebracht.«

»In Tausendpfundnoten?«

Jones nickte. »Warum fragen Sie danach?«

»Wollen Sie mir einen großen Gefallen tun? Setzen Sie auf Ihr Pferd nicht eher, als bis es zum Startplatz geführt ist.«

»Darauf können Sie sich todsicher verlassen«, sagte Jones lächelnd. »Ich wette erst dann, wenn ich sehe, daß das Pferd auch sicher am Rennen teilnimmt.«

»Das wäre das erste Versprechen, das Sie mir machen. Also, man hat Ihnen eine Wette von 4:1 angeboten. Kommt es Ihnen nicht merkwürdig vor, daß Ihre Buchmacher auf eine derartig hohe Quote eingegangen sind?«

»Doch. Es ist natürlich auch ein Glücksspiel für die Leute. Wollen Sie sonst noch etwas von mir?«

»Das erzähle ich Ihnen später.«

Die Menschenmenge strömte nach dem Vorrennen auf den Sattelplatz und wartete geduldig, bis die Gewinnquote bekanntgegeben wurde.

Bob sah mit Interesse, daß Thotis von den Buchmachern 2:1 gehandelt wurde, höchstens 5:2. Er trat in die Nähe des jungen Mannes, der in der Reihe der anderen Buchmacher stand und die Firma Burgen & Brock vertrat.

Gleich darauf sah er Mr. Mandle Jones auf sich zukommen; er faßte Campbell am Arm und trat mit dem Direktor näher. Die Pferde verließen den Sattelplatz. Mr. Jones hatte sein Versprechen gehalten.

»Halten Sie mich jetzt nicht auf«, sagte der junge Mann. »Wenn Sie mir etwas sagen wollen, dann tun Sie es so schnell wie möglich.«

»Also hören Sie. Burgen & Brock bieten Ihnen eine Wette von 4:1 an, Mr. Campbell bietet Ihnen 5:1.«

Den Widerspruch, den Mr. Campbell erhob, hörte man bei dem Lärm nicht. Mandle Jones zögerte. »Aber Sie sind doch kein Buchmacher.«

»Zweifeln Sie daran, daß Mr. Campbell Ihnen den Gewinn auszahlen wird?« fragte Bob.

»Nein.«

Jones sah über Bobs Schulter zu dem wartenden Vertreter von Burgen & Brock.

»Nun, schließen Sie die Wette ab?« fragte Bob.

Mr. Mandle Jones überlegte kurz. Der Vorteil war nur zu klar.

»Gut, ich schließe ab.«

Bob streckte die Hand aus und zählte dann die dreißigtausend Pfund nach, die er von Jones bekam.

»Also, die Wette steht hundertfünfzigtausend zu dreißigtausend«, sagte Mr. Jones.

Douglas Campbell war starr vor Schrecken und vermochte nichts zu sagen.

Aber Bob war um so eifriger.

»Ja, das haben Sie ganz richtig verstanden.«

Er packte Campbell am Arm und führte ihn zu den Tribünen. Der Direktor war außer sich. Erst nach einer Weile faßte er sich.

»Aber – aber, Sie sind ja verrückt!« stieß er keuchend hervor. »Um Himmels willen, wir müssen ihn doch auszahlen, wenn der Gaul gewinnt! Brewer, Sie haben mich ruiniert!«

»Immer mit der Ruhe!« erwiderte Bob. »Sehen Sie sich lieber die hübschen Pferde an, die drüben am Start in einer Reihe stehen. Ah, jetzt geht's los!«

Zehn Pferde schossen vorwärts. Bob beobachtete das Rennen durch sein Glas, und nach kurzer Zeit wußte er, daß das Schlimmste eingetreten war. Thotis war dem Feld zwei Längen voraus. Das

Pferd führte von Anfang bis zu Ende und gewann den Schlußgalopp mit sechs Längen.

»Setzen Sie sich, Mr. Campbell«, sagte Bob freundlich. »Ich fürchte, Sie haben einen ziemlichen Schrecken bekommen.«

Campbell schüttelte nur hilflos den Kopf, Mr. Jones stürzte triumphierend auf sie zu.

»Sehen Sie, daß mein Pferd gewonnen hat? Campbell, alter Sportsmann, Sie sind ja ein tüchtiger Buchmacher! Also, nun schreiben Sie mir einen Scheck über hundertfünfzigtausend Pfund aus.«

»Seien Sie nur nicht zu hitzig, junger Mann«, entgegnete Bob.

»Was meinen Sie denn?« fragte Mr. Jones argwöhnisch.

»Der Jockei, der Ihr Pferd ritt, ist ein Freund von Teddy Bolter, und den kenne ich genau. Sie haben allerdings von dem dunklen Ehrenmann noch nicht viel gehört, aber der verdient sein Geld, indem er reichen Leuten das Geld abzapft.«

»Ich will jetzt von Ihnen keinen Vortrag über Jockeis hören«, rief Mr. Jones ärgerlich.

»Kommen Sie mit, Brewer«, sagte Douglas Campbell, der endlich die Sprache wiedergefunden hatte. Aber er sprach zerknirscht und kleinlaut. »Mr. Jones, ich werde Ihnen den Scheck ausstellen –«

Ein Mann kam in vollem Lauf von der Waage her und rief etwas.

»Hallo, was ist los?« fragte Jones.

»Ich glaube, Ihr Pferd ist disqualifiziert worden, weil es nicht das richtige Gewicht hatte«, erklärte der Detektiv. »Ich würde mich an Ihrer Stelle mal danach erkundigen.«

Mr. Jones lief zur Waage, wo man ihm mitteilte, daß Thotis disqualifiziert worden war. Eins der Bleigewichte, das man in die Satteltaschen gelegt hatte, um das Gewicht des Jockeis auszugleichen, war auf geheimnisvolle Weise verschwunden.

Später am Nachmittag fand man das Bleigewicht auf einem entfernten Teil der Rennbahn, wohin es der Jockei während des Rennens geworfen hatte. Er mußte es aus der Tasche gezogen haben, während er zum Schein seine Sporen zurechtrückte.

»Gestern abend bin ich noch nach Brüssel gefahren«, erklärte Bob auf dem Rückweg zum Hotel. »Dort erfuhr ich, daß das Geschäft von Burgen & Brock zu Anfang des Jahres für fünftausend Pfund an Mr. Bolter verkauft worden ist. Bolter selbst arbeitet nicht in der Firma mit. Er hatte andere Absichten. Früher oder später würde ihm doch ein reicher Kunde, durch die traditionelle Ehrbarkeit der Firma angelockt, ins Garn gehen. Auch hatte Bolter Mr. Jones erst auf die Idee gebracht, sein Pferd in diesem Rennen einzusetzen. Er hat immer ein oder zwei Leute, die für ihn tätig sind und ihm die nötigen Nachrichten vom Training der Pferde übermitteln. Es war also leicht für ihn, an Jones heranzutreten und ihm diese glänzende Wette anzubieten. Wenn ich nicht im letzten Augenblick dazwischengekommen wäre, hätte Bolter jetzt die dreißigtausend Pfund eingesteckt, denn die wären ihm durch die Disqualifizierung des Pferdes ohne weiteres zugefallen. Aber nun werden wir dem jungen Mann das Geld zurückgeben.«

»Ja«, sagte Mr. Campbell, »das wollen wir.«

»Diesmal haben wir beide nichts bei der Sache verdient, aber wir haben ein gutes Werk getan, und Sie haben drei aufregende Minuten erlebt, die Sie nie vergessen werden.«

»Ja, da haben Sie recht«, erwiderte Mr. Campbell und zitterte noch, als er daran dachte.

5

Lord Heppleworth sah über die Brille zu seiner jungen Frau hinüber, die an der anderen Seite des Tisches saß. Sie hatte so weit ab wie nur irgend möglich von ihm Platz genommen.

»Liebling«, sagte ihr Gatte, »der junge Mann von der Versicherungsgesellschaft wird pünktlich um zehn Uhr hier sein.«

Lady Gladys Heppleworth gähnte.

»Wozu kommt er?« fragte sie gleichgültig.

»Wie oft habe ich dir schon gesagt, daß du dich etwas besser ausdrücken sollst. Das klingt nicht gut: ›Wozu kommt er?‹ Du hättest vielleicht besser gefragt: ›Aus welchem Grund kommt er?‹«

Sie sah müde aus dem Fenster und unterdrückte einen Seufzer.

»Er kommt natürlich wegen des Verlustes der großen Perle. Das ist eine etwas mysteriöse und – ich muß schon sagen – unangenehme Angelegenheit. Ich weiß tatsächlich nicht, was ich davon denken soll.«

Der Lord war ungefähr fünfzig Jahre alt, etwas hager und hatte blonde Haare. Er besaß wenig Humor und noch weniger Phantasie. Seine Freunde waren über seine Eheschließung beunruhigt. Gladys de Vere war Schauspielerin gewesen; sie hatte in modernen Revuen kleine Rollen gespielt, und niemand hatte an die Möglichkeit gedacht, daß Lord Heppleworth, ein Witwer, sie heiraten würde. Die Verbindung erregte in der Gesellschaft unangenehmes Aufsehen. Man wußte nicht, was man dazu sagen sollte, und wartete auf eine Erklärung des Lords. Daß er sich in die Schauspielerin verliebt hatte, erschien kaum glaublich, denn man hatte ihn für so verknöchert und pedantisch gehalten, daß man ihm dergleichen überhaupt nicht zutraute.

Lord Heppleworth fühlte sich recht glücklich und bereute seine Eheschließung nicht. Gladys jedoch seufzte unter den Fesseln. Als sie sich verlobte, hatte sie geglaubt, daß nun das große Glück für sie gekommen wäre. Sie träumte von Gesellschaften und Reisen in ferne Länder und glaubte, das Leben würde für sie nur ein Wirbel von Vergnügungen und Frohsinn sein. Aber die graue Wirklichkeit sah ganz anders aus.

Lord Heppleworth hatte einen Landsitz in Shropshire, wo er acht Monate im Jahre zubrachte, und ein Haus in London, in dem er die übrigen vier Monate wohnte. Jedes Jahr verließ er die Stadt am gleichen Tag, um aufs Land hinauszuziehen, und jedes Jahr kehrte er am gleichen Tag pünktlich dorthin zurück. Er speiste jeden Abend in demselben Restaurant und interessierte sich, wenn auch nicht allzusehr, für Bienen. Seine Spezialität war die Mason-Biene. Lord Heppleworth faltete die Times zusammen und klingelte nach dem Mädchen.

»Miss Parker«, sagte er. »Hier sind drei Schnitten Schinken übriggeblieben, bitte heben Sie die zum Abendessen für mich auf.«

»Jawohl, Mylord.«

»Dann habe ich gesehen, daß in der vorigen Woche sechs kleine Brote zusätzlich gekauft worden sind. Wie kommt das?« »Mylady hat Brot in den Park mitgenommen, um die Enten zu füttern.«

Lord Heppleworth runzelte die Stirn und sah seine Frau an.

»Aber, Liebling«, sagte er vorwurfsvoll, »das ist doch eine Verschwendung. Weißt du nicht, daß es Tausende von Kindern gibt, die dankbar wären, wenn sie das Brot bekämen, das du buchstäblich fortwirfst?«

Gladys zuckte die Schultern.

»Gut, dann werde ich das Brot den Armen schicken.«

»Das ist durchaus nicht nötig. Es gibt genügend Wohltätigkeitsgesellschaften. Die haben die Verteilung von milden Gaben an die Armen übernommen und tun das systematisch.«

»Was soll ich dann machen?« fragte sie und drehte sich unwillig nach ihm um. »Soll ich hier den ganzen Tag stillsitzen und in den Mond gucken?«

Lord Heppleworth hob die Hand zum Protest.

»Einen Augenblick, mein Liebling.« Er wandte sich zu dem Mädchen. »Miss Parker, Sie können jetzt gehen.« Als sich die Tür hinter ihr schloß, sagte er: »Ich möchte dich doch bitten, dich in Gegenwart von Dienstboten zusammenzunehmen. Du hast wirklich keinen Grund, dich zu beklagen. Ich habe dir eine bedeutende Summe für jedes Jahr ausgesetzt.«

»Bedeutend!« erwiderte sie verächtlich. »Was kann ich schon mit zweihundert Pfund im Jahr anfangen?«

»Als ich in Eton auf dem College war, hat mir mein Vater fünfzig Pfund im Jahr gegeben und erwartet, daß ich davon noch sparte. Und das ist mir auch gelungen«, erklärte der Lord mit Genugtuung.

Es klopfte leise an die Tür, und Miss Parker kam wieder herein.

»Draußen ist ein Herr, der Mylord sprechen möchte.«

»Das muß der Mann von der Versicherungsgesellschaft sein«, sagte er zu seiner Frau. »Führen Sie ihn herein, Miss Parker.«

Bob Brewer trat ein, verneigte sich vor Mylady und nickte dem Lord zu, den er flüchtig kannte.

»Also Sie sind der junge Mann von der Versicherungsgesellschaft?« fragte der Lord. »Wollen Sie bitte Platz nehmen? Und willst du so gut sein, Liebling, Mr. ...«

»Mein Name ist Brewer.«

»... Mr. Brewer zu unterhalten, während ich das Halsband hole?«

»Ich glaube, daß zuviel Aufhebens gemacht wird wegen einer verlorenen Perle«, sagte Mylady, als ihr Gatte gegangen war.

»Handelt es sich nur um eine Perle?« fragte Bob interessiert. »Ich glaubte, es wäre ein ganzes Halsband gestohlen worden.«

»Ach nein, nur eine Perle. Und soviel ich weiß, ist der Lord bei Ihrer Gesellschaft gegen Diebstahl versichert.«

Bob nickte.

»Ja, die Perlen sind bei uns für fünfundzwanzigtausend Pfund versichert. Ich nehme an, daß Sie die Polizei verständigt haben?«

»Ich glaube nicht, daß Mylord das getan hat. Er wird Ihnen alles erklären, wenn er zurückkommt. Meiner Meinung nach wird wirklich zuviel Aufhebens von der Sache gemacht.«

Der Lord kehrte ins Zimmer zurück, er hielt einen flachen, schwarzen Lederkasten in der Hand, den er ein wenig umständlich öffnete. Auf dunkelblauem Samtgrund lag eine der schönsten Perlenketten, die Bob je gesehen hatte.

»Diese Kette besteht – oder richtiger – bestand aus dreiundsechzig Perlen«, sagte der Lord. »Sie sind berühmt, denn sie wurden von meinem Urgroßvater erworben, der unter der Regierung Wilhelms IV. Gouverneur von Madras in Südindien war.«

»Ich kenne die Geschichte«, entgegnete »Bob. »Ihr Urgroßvater ist mit einer Frau des Radschas durchgebrannt, und sie trug diese Halskette.«

Lord Heppleworth räusperte sich.

»Ja, es war ein Skandal, aber wir brauchen die Sache ja nicht näher zu erörtern. Jedenfalls, hier sind die Perlen. Sie gehören zu den kostbarsten in ganz Europa, und ich lege großen Wert darauf, daß meine Frau die Heppleworth-Perlen trägt, wenn ich mit ihr ausgehe. Ich zähle die Perlen jeden Abend, bevor wir fortgehen. Dasselbe geschieht, wenn wir zurückkommen. Das mag Ihnen sonderbar erscheinen, aber ich bin in diesen Dingen sehr peinlich und genau.«

»Da haben Sie ja viel zu tun«, erwiderte Bob spöttisch.

»Gestern abend gingen wir nun wie gewöhnlich ins ›Magnificent‹, um dort zu Abend zu speisen. Ich zählte vorher die Perlen – es waren dreiundsechzig. Wir gingen dann ins Restaurant. Mylady hat allerdings in der Garderobe ihren Pelz abgelegt, aber sonst war ich immer bei ihr. Wir waren etwa anderthalb Stunden im großen Speisesaal. Während dieser Zeit ist niemand an unseren Tisch getreten, mit Ausnahme des Kellners. Ich bin natürlich stolz auf den alten Familienschmuck und habe auch während des Essens verschiedentlich danach gesehen. Später ging Mylady wieder in die Garderobe, legte ihren Pelz an, und dann fuhren wir im Auto nach Haus. In meiner Gegenwart nahm sie das Perlenhalsband ab. Ich legte es in dieses Etui und zählte die Perlen, aber es waren nur zweiundsechzig.«

Er warf Bob einen Blick zu.

»Nur zweiundsechzig«, wiederholte Bob. »Selbstverständlich haben Sie die Perlen noch einmal gezählt?«

»Ja, mindestens ein dutzendmal. Es ist ausgeschlossen, daß ich mich geirrt habe. Ich kenne jede Perle des Halsbandes. Die fehlende Perle ist eine der größten.«

Bob nahm die Kette in die Hand und prüfte sie sorgfältig.

»Ich kann nicht entdecken, daß die Schnur irgendwie gerissen oder ausgebessert ist. Wenn eine Perle entfernt wurde, muß der Mann sein Handwerk verstanden haben. Wie hoch, ist denn der Wert der fehlenden Perle?«

»Zwischen siebenhundert und tausend Pfund«, entgegnete der Lord. »Es war eine der besten.«

»Könnte sie während der Rückfahrt in den Wagen gefallen sein?«

»Nein, unmöglich«, sagte Lord Heppleworth scharf. »Das ist eine lächerliche Frage. Sie haben doch die Schnur selber gesehen, auf der die Perlen aufgezogen sind.«

»Ja«, erwiderte Bob langsam. »Haben Sie irgendeine Erklärung, Mylady?«

»Nein. Ich wußte nicht einmal, wieviel Perlen die Kette hatte.«

*

»Nun, wie steht es?« fragte Douglas Campbell, als Bob ihn in seinem Büro aufsuchte.

»Dieses Ferienabenteuer ist eine merkwürdige Angelegenheit. Der alte Lord ist ein ganz ehrlicher Kerl, daran ist nicht zu zweifeln.«

»Das wissen wir auch. Aber erzählen Sie mir doch etwas Genaueres über die Sache.«

Bob berichtete, was er von dem Fall wußte, und Campbell nickte. »Der Lord hat vollkommen recht. Die Versicherungspolice ist auf dreiundsechzig Perlen ausgestellt, und wenn jetzt nur zweiundsechzig vorhanden sind, müssen wir die fehlende Perle ersetzen. Haben Sie die einzelnen Stücke selbst gezählt?«

»Ja, ich habe mir die Mühe gemacht. Und der Lord auch.«

»Was halten Sie denn von ihm?«

»Er ist ein alter Geizkragen und Pedant«, meinte Bob. »Ich könnte mir denken, daß sich seine Frau, die er gar nicht versteht und die er unglücklich macht, über den Verlust der Perle freut, nur damit er sich auch einmal ärgert.«

Nach zwei Tagen hatte Bob bereits allerhand herausgefunden und besuchte wiederum den Versicherungsdirektor.

»Über den Lord selbst habe ich wenig Neues erfahren«, berichtete er. »Es ist ein langweiliger, bärbeißiger Kerl, und man hält ihn allgemein für übertrieben pedantisch. Lady Heppleworth hieß früher Gladys Surpet. Den Bühnennamen weiß ich nicht. Ihre Eltern sind bereits gestorben, aber sie hat noch eine Schwester und einen Bruder. Die Schwester hat's auch faustdick hinter den Ohren, sie war sogar an einem Bankbetrug in Manchester beteiligt. Man hat ihr nichts nachweisen können, obwohl einwandfrei feststeht, daß sie die gefälschten Papiere bei der Bank einreichte. Ihr Bruder war nicht so glücklich. Er wurde vor zwei Jahren zu zwölf Monaten Gefängnis verurteilt.«

»Glauben Sie, daß der Bruder an dem Verschwinden der Perle schuld sein könnte?«

»Nein, das ist nicht der Fall, denn er ist augenblicklich in Australien. Er soll ein ziemlich dürftiges und mühseliges, aber ordentliches Leben führen. Die Schwester wird allerdings noch von der Polizei beobachtet, und ich habe sie vor allem in Verdacht, weil sie selbst das Juwelierhandwerk erlernt hat. Der alte Surpet hatte nur einen verhältnismäßig kleinen Laden, aber alle seine Kinder waren in seiner Werkstatt beschäftigt, mit Ausnahme von Gladys.«

»Das erklärt aber immer noch nicht den Verlust der Perle.«

»Aber vielleicht erklärt es die näheren Umstände. Auf jeden Fall werde ich Lord Heppleworth wieder aufsuchen. Es trifft sich gut, daß er mich zum Abendessen eingeladen, hat, vielleicht kann ich dabei noch mehr erfahren.«

Bob war zeitig im Haus des Lords; Lady Heppleworth wartete auf ihn im Empfangszimmer. Sie war bereits zum Essen angekleidet, aber es fiel ihm auf, daß sie das Perlenhalsband nicht trug. Sie bemerkte seinen Blick und lächelte.

»Sie sehen wohl nach den Perlen. Lord Heppleworth legt mir die Kette erst um, wenn ich das Haus verlasse. Er ist in dieser Beziehung sehr gewissenhaft«, sagte sie leichthin.

»Das ist mir auch schon aufgefallen.«

Der Lord erschien mit dem schwarzen Lederetui in der Hand.

Er öffnete es und nahm die Perlenschnur heraus.

»Zweiundsechzig«, sagte er scherzend. »Ich glaube kaum, daß du heute abend eine Perle verlieren wirst, wo Mr. Brewer persönlich aufpaßt.«

Sie lächelte und nahm ihren Abendmantel vom Stuhl.

»Der Wagen wartet schon«, sagte sie und ging voraus.

Das Essen verlief ziemlich langweilig. Lord Heppleworth sprach viel, aber was er sagte, war belanglos und uninteressant. Mylady schwieg meistens. Bob überlegte, was sie wohl denken mochte, während sie ins Leere schaute. Ab und zu sah er, daß sie zerstreut mit den Perlen spielte.

»Begleiten Sie mich noch nach Hause«, sagte der Lord nach dem Essen. »Ich habe über die Sache gründlich nachgedacht und eine Erklärung gefunden. Das alles möchte ich schriftlich niederlegen, und es wäre mir lieb, wenn Sie es einmal durchsähen und mir Ihre Meinung darüber sagten.«

Bob seufzte, als er in den Wagen stieg, und machte sich auf einen langweiligen Abend gefaßt. Als sie in das Wohnzimmer traten, ließ sich Lord Heppleworth die Kette von seiner Frau geben und zählte jede Perle einzeln nach. Plötzlich richtete er sich verstört auf und atmete schwer.

»Das ist doch unmöglich«, sagte er, beugte sich über den Tisch und zählte aufs neue. »Es sind jetzt nur noch sechzig Perlen! Zwei sind wieder verschwunden!«

Es herrschte Schweigen, als Bob die Kette selbst in die Hand nahm. Der Lord hatte sich nicht geirrt, es waren nur noch sechzig Perlen.

»Aber – aber –« stammelte er. »Wie ist das nur möglich! Das ist doch geradezu unglaublich!«

»Hast du dich auch beim Zählen nicht geirrt?« fragte Mylady sanft.

»Rede doch nicht solchen Unsinn!« sagte der Lord. »Hat Mr. Brewer sie nicht auch gezählt? – Nun, was halten Sie von der Sache, Mr. Brewer?«

»Ich habe eine sehr einfache Erklärung«, erwiderte Bob. »Die beiden Perlen sind durch einen Unbekannten von der Schnur entfernt worden.«

»Das ist allerdings eine ziemlich nichtssagende Erklärung. Sie machen sich die Sache sehr leicht. Wissen Sie wirklich nichts Besseres?«

»Ich werde mir die Sache bis morgen überlegen. Um zehn Uhr vormittags komme ich hierher und bringe die Kette dann mit Ihrer Erlaubnis zu einem Spezialisten, an den ich verschiedene Fragen, richten möchte.«

»Ich werde Sie begleiten«, sagte der Lord.

»Das ist nicht notwendig. Sie können mir die Perlen ruhig anvertrauen, da unsere Versicherung den Wert ja ohnehin garantiert.«

*

Am nächsten Morgen erschien Bob pünktlich um zehn Uhr und nahm das Perlenhalsband mit zu einem der besten Juweliere Londons.

»Bitte, untersuchen Sie dieses Schmuckstück und sagen Sie mir, ob die Schnur, auf der die Perlen aufgezogen sind, irgendwelche Ausbesserungen aufweist. Ist es möglich, zwei Perlen aus der Mitte zu entfernen, ohne die ganze Schnur aufzulösen?«

»Nein, das ist nicht möglich«, entgegnete der Juwelier.

»Nehmen wir aber an, daß Sie zwei Perlen aus der Mitte fortnehmen wollen – was müssen Sie dann tun?«

»Ich müßte die Perlen eine nach der anderen abnehmen und die zwei herausnehmen. Dann muß die Schnur um ein entsprechendes

Stück verkürzt werden, und das ist eine ziemlich langwierige Sache.«

»Wie lange brauchen Sie dazu?«

»Wenn ich sehr schnell arbeite, könnte ich es in einer Stunde schaffen.«

»Wenn nun zum Beispiel die Dame, die diese Kette trägt, aus irgendeinem Grund zwei Perlen entfernen will und dazu in die Garderobe – sagen wir – eines Hotels geht, wäre es dann möglich, diese Änderung in der Zeit vorzunehmen, die genügt, um ihre Garderobe abzugeben?«

»Vollkommen ausgeschlossen. Es gibt niemanden, der das unter einer Stunde machen könnte, und ich habe jahrelange Erfahrung auf diesem Gebiet.«

»Ich danke Ihnen vielmals.«

Bob legte die Perlenschnur in den Kasten und fuhr zu Lord Heppleworth.

»Ich habe eine bestimmte Vermutung«, sagte er, »und wenn Sie mir gestatten, Lady Heppleworth heute abend zum Essen auszuführen, ohne daß Sie dabei sind, kann ich garantieren, daß ich das Geheimnis kläre.«

Lord Heppleworth verzog den Mund.

»Es ist nicht meine Gewohnheit«, erwiderte er ein wenig steif, »meine Frau abends mit einem Fremden ausgehen zu lassen.«

»Das ist mir sehr gleichgültig«, entgegnete Bob gelangweilt. Aber wenn Sie Ihre Perlen zurückhaben und weitere Verluste vermeiden wollen, gebe ich Ihnen den guten Rat, meiner Bitte stattzugeben.«

»Es ist zwar viel Geld, aber die Versicherung muß ja den Verlust tragen.«

»Das kann ich Ihnen nicht bestimmt versprechen. Jedenfalls nicht, wenn Sie mir nicht Gelegenheit geben, allein mit Mylady zu speisen. Wenn Sie das verweigern, stelle ich die Untersuchung des Falles ein, und die Gesellschaft wird sich nicht bereit finden, den Verlust zu tragen.«

»Nun gut«, sagte der Lord, nachdem er eine Weile nachgedacht hatte. »Ich werde Mylady von Ihrer Bitte in Kenntnis setzen.«

»Vor allem muß sie die Perlen tragen, das ist wichtig.«

Heppleworth nickte.

*

Um acht Uhr abends erschien Bob pünktlich im Haus des Lords, der gerade Mylady die Kette aushändigte, nachdem er sorgfältig die Perlen gezählt hatte.

»Sechzig«, sagte Lord Heppleworth. »Bitte, kontrollieren Sie selbst nach, Mr. Brewer.« Bob kam der Aufforderung nach und zählte ebenfalls sechzig. Er gab Mylady keine Erklärung, bis sie zusammen im Wagen saßen.

»Ich weiß gar nicht, was das alles zu bedeuten hat«, sagte sie unangenehm berührt. »Warum wünschen Sie, daß ich mit Ihnen allein speise? Es ist doch nichts passiert?«

»Das kann ich bis jetzt noch nicht sagen. Aber ich nehme an, daß Sie lebhaft daran interessiert sind, das Geheimnis aufzuklären.«

»Selbstverständlich liegt mir viel daran«, sagte sie scharf. »Sind Sie vielleicht anderer Meinung?«

Er wartete im Vestibül, bis sie ihre Garderobe abgelegt hatte, dann gingen beide zu dem Tisch, an dem Lord Heppleworth gewöhnlich abends mit seiner Frau saß. Mylady benahm sich sehr reserviert und kühl.

»Lady Heppleworth, sind Sie glücklich verheiratet?« fragte Bob plötzlich, als sie beim Kaffee angelangt waren.

Sie starrte ihn einen Augenblick an und wurde rot.

»Ich weiß nicht, was Sie das angeht«, entgegnete sie beinahe beleidigt.

»Ich glaube, Lord Heppleworth wünscht nicht, daß Sie derartige Fragen, an mich stellen.«

»Sie können es ihm ruhig sagen, wenn Sie wollen«, erwiderte Bob gleichgültig. »Es interessiert mich im Moment auch nicht, was er von mir denkt. Ich überlege mir nur gerade, wie er über Sie urteilen würde, wenn er alles von Ihnen wüßte?«

»Wie meinen Sie das?«

»Ich frage Sie noch einmal: Sind Sie mit Ihrem Gatten glücklich verheiratet? Oder haben Sie die Absicht, Ihr jetziges Leben aufzugeben, ihn zu verlassen und sich nach einer kleinen Stadt in Australien zurückzuziehen? Dort könnten Sie ruhig und still leben, ohne all den Ärger, den Sie jetzt haben.«

Sie senkte den Blick.

»Ich verstehe Sie nicht«, sagte sie leise.

»Nun, dann will ich noch deutlicher werden. Sie haben einen Bruder, der in Australien lebt, und Sie wollen zu ihm ziehen. Lord Heppleworth gibt Ihnen nicht viel Geld. Er ist, um es geradeheraus zu sagen, ziemlich geizig, und Sie haben natürlich von Ihrer Ehe mit ihm etwas ganz anderes erwartet. Sie sind schließlich bei ihm nichts weiter als eine bessere Angestellte, die nicht einmal sonntags frei hat.«

»Ja, das ist wahr.« Ärger machte ihre Stimme scharf. »Er bewacht mich wie die Katze eine Maus. Vor einem Jahr, als mein Bruder nach Australien ging, konnte ich ihm nicht einmal fünfzig Pfund mitgeben.«

»Sie hätten aber doch einen Ring versetzen können.«

»Er zählt meine Schmuckstücke jeden Morgen und jeden Abend«, erwiderte sie und lachte gezwungen. »Ist das nicht schrecklich? Manchmal bin ich allerdings in Versuchung, ihn zu erschießen und dann zu fliehen! Ich würde es auch tun, aber ich habe keine Zuflucht und kein Geld.«

»Jetzt wollen wir einmal über die Perlenkette sprechen. Würden Sie so gut sein und. sie mir einen Augenblick geben?«

Sie zögerte.

»Warum denn?«

»Ich möchte sie in die Tasche stecken.«

»Nein, das werden Sie nicht tun«, entgegnete sie.

»Sie haben doch eine Schwester, soviel ich weiß?«

Gladys wurde bleich.

»Sie ist in der Garderobe des Hotels angestellt und im Moment damit beschäftigt, eine Perle von der Kette zu entfernen, die Sie abgelegt haben, als Sie in die Garderobe traten. Und sie kann die Schnur so geschickt verkürzen, daß man den Diebstahl nicht entdeckt. In einer Stunde kann man so etwas schon machen. Sie sitzen ja gewöhnlich anderthalb Stunden hier beim Essen.«

Sie wurde noch bleicher, sagte aber nichts.

»Die Kette, die Sie jetzt tragen, ist eine sehr gute Imitation. Ich weiß, daß sie vor zwei Monaten von einer Frau in den Burlington-Arkaden gekauft wurde, wahrscheinlich von Ihrer Schwester.«

»Was soll ich tun?« fragte sie, nachdem einige Minuten verstrichen waren, mit leiser Stimme.

»Ich rate Ihnen, zu Ihrer Schwester zu gehen und sie aufzufordern, Ihnen die Perlen zurückzugeben, die sie genommen hat. Um ihr die nötige Zeit zu lassen, wollen wir inzwischen ein Theater besuchen. Ich habe bereits Plätze bestellt.«

»Und was soll ich Lord Heppleworth sagen?«

»Gar nichts.«

»Ich brauchte das Geld dringend«, sagte sie heftig. »Ich wollte es nicht stehlen. Wenn meine Schwester auch Dinge getan hat, die nicht recht sind, so habe ich mir doch nie im Leben etwas zuschulden kommen lassen. Aber ich halte es bei diesem alten Pedanten nicht länger aus. So kamen wir auf die Sache mit der Kette. Das Geld wollten wir miteinander teilen. Ich wollte meinen Anteil dazu benutzen, nach Australien zu fahren – ich muß aus dieser schrecklichen Umgebung heraus.«

Bob dachte einige Zeit nach.

»Ich glaube, daß ich zweihundert Pfund von Ihrem Gatten als Belohnung für die Wiederbeschaffung der Perlen erhalten kann. Diese zweihundert Pfund stelle ich Ihnen zur Verfügung. Damit können Sie nach Australien fahren, wann es Ihnen beliebt.«

»Aber was soll ich Lord Heppleworth sagen?«

»Sagen Sie ihm, daß die Perlen von einer Mason-Biene entführt worden sind«, erwiderte Bob leichthin.

6

Bob Brewer aß allein im Windsor-Restaurant zu Abend, als Mr. Douglas Campbell an seinen Tisch trat.

»Bob«, sagte er ohne weitere Vorrede, »ich war eben in Ihrer Wohnung und hörte dort, daß Sie hier seien. Ich hätte gern Ihren Rat in einer bestimmten Angelegenheit.«

»Mein Rat ist«, erklärte Bob mit einer großartigen Handbewegung, »heiraten Sie das Mädchen!«

Mr. Campbell war außer sich vor Ärger. »Wie können Sie nur immer solch dummes Zeug reden? Es handelt sich hier um eine ernste Sache. Sie haben mir vor einiger Zeit gesagt, daß sich zur Zeit allerhand schwere Jungen in London herumtreiben.«

Bob nickte.

»Sie haben auch den Klub der Vier erwähnt.«

»Jetzt sind es aber nur noch drei Negerlein«, verbesserte ihn Bob. »Der arme Bill Hoy bringt diesen Winter in Dartmoor zu. Die anderen drei befinden sich allerdings noch in Freiheit. Ich habe Reddy vor einer Stunde noch hier im Lokal gesehen. In seiner Begleitung befand sich eine hübsche junge Dame, die in ihren Kreisen als Rosa Mirando bekannt ist.«

»Ein merkwürdiger Name. Hängt das mit ihrer Gesichtsfarbe zusammen?« »Nein, durchaus nicht«, erklärte Bob etwas mürrisch. »Sie heißt so, weil sie eine Vorliebe für Rosa bezüglich ihrer Kleidung hat. Ich kann mich besinnen –«

»Darauf kommt es jetzt aber nicht an«, sagte Mr. Campbell hastig. »Ich wollte nicht über sie oder die Verbrecherbande sprechen, zu der sie gehört, sondern über die London-, Devon- und Cornwall-Bank.«

Bob zog sein Zigarrenetui heraus und reichte es ihm über den Tisch. Mr. Campbell nahm eine Zigarre und steckte sie an, bevor er weitersprach.

»Ich habe heute den Besuch von Mr. McKay gehabt, dem ersten Direktor der Bank. Er ist ein alter Freund von mir, wir stammen aus derselben Stadt.«

»Deshalb allein sind Sie wohl kaum sein Freund. Ich nehme an, Sie haben beide zusammen mit irgendeinem Schwindel viel Geld verdient. Nun, was ist denn mit dem Mann?«

»Er ist in großer Verlegenheit«, erwiderte Campbell und schüttelte den Kopf. »Vor sechs Monaten fand er heraus, daß einer der Vorsteher seiner Depositenkasse viel und hoch wettete und bei einem Buchmacher verschuldet war. McKay ließ sofort die Bücher nachprüfen. Timmes, so hieß der Betreffende, zahlte einen großen Teil der veruntreuten Gelder zurück, gab seine Stellung auf, obgleich er auf Pension und auf andere Vergünstigungen Anspruch hatte, und trat aus der Bank aus.«

Bob nickte. »Fahren Sie nur fort. Ich habe schon so eine Ahnung, daß das dicke Ende nachkommt und ich nachher die Kastanien für Sie aus dem Feuer holen muß, Campbell.«

»Das werden Sie noch früh genug erfahren. Also, dieser Timmes verschwand von der Bildfläche, aber er war über die Verhältnisse der Bank und die Geschäftsvorgänge im besonderen sehr gut informiert.«

»Aber der Leiter einer Depositenbank erfährt doch nicht viel, was für einen Außenstehenden irgendwelchen Wert haben könnte.«

Mr. Campbell nickte.

»Timmes hatte unglücklicherweise, bevor er den Posten eines Vorstehers erhielt, eine Vertrauensstellung und auch Einblick in das Personalverzeichnis mit den Geheimnotizen über die einzelnen Angestellten.« »Er hat doch nicht am Ende das Verzeichnis mitgenommen?

»Nein. Aber er hat ein fabelhaftes Gedächtnis. Der Direktor sagte mir, daß der Mann einen längeren Zeitungsartikel nur zweimal zu lesen brauchte, um ihn wörtlich wiederholen zu können. McKay ist der Ansicht, daß Timmes sich nicht nur auf sein gutes Gedächtnis verlassen, sondern sich zu Haus auch Notizen gemacht hat.«

»Wie kommen Sie darauf?«

»Er hat sich an die Leiter der Filialen gewandt. Aber nur an diejenigen, die in den Geheimakten als gutmütig und freigebig bezeichnet worden sind. Er hat sie gebeten, ihm Geld zu leihen, weil er sich im Augenblick in einer schwierigen Lage befände. McKay glaubt nun, daß ein Überfall auf die Bank geplant ist. Er ist in großer Aufregung, ebenso die anderen Direktoren. Gestern abend haben sie eine Sitzung abgehalten und beschlossen, sich an uns zu wenden.«

Bob runzelte die Stirn.

»Sie wollen doch nicht etwa sagen, daß sich die Bank bei Ihrer Gesellschaft gegen Verluste decken will?«

»Doch, darauf läuft es hinaus. Es wird drei Monate dauern, bis sie sich so weit umorganisieren können, daß Betrug und Verluste nicht mehr zu befürchten sind. Und während dieser drei Monate wollen sie sich bei uns versichern. Ich habe natürlich dem Aufsichtsrat davon Mitteilung gemacht, und wir haben den Entschluß gefaßt, dem Antrag der Bank stattzugeben. Es ist eine dementsprechende Police ausgestellt worden, und die Bank hat auch ihre Einwilligung gegeben, alle Ausgaben zu tragen, die durch Ihre Tätigkeit entstehen, während sie bei uns versichert ist.«

»Dann kann ich die armen Leute nur bedauern«, meinte Bob trocken. »Sie kommen vielleicht billiger dabei weg, wenn sie ruhig einmal bei sich einbrechen lassen.«

*

McKay war ein kleiner Mann mit kahlem Kopf. Er sprach lange mit Bob und erzählte ihm auch allerhand nebensächliche Dinge.

»Nun wollen wir uns einmal an die Tatsachen halten, Mr. McKay. Ich nehme also von vornherein an, daß Mr. Timmes, der früher einmal bei Ihnen angestellt war, unter den Einfluß irgendwelcher unsauberer Gesellen geraten ist. Ich bin auch davon überzeugt, daß diese Bande die Absicht hat, Geld aus Ihrer Bank herauszuholen. Timmes hat natürlich den Leuten mitgeteilt, was er weiß, so daß sie imstande sind, ihre Pläne auszuführen. Die Frage ist jetzt nur: In welche Ihrer Filialen werden die Kerle einbrechen? Sie haben, wie ich weiß, hundertachtzig Nebenstellen.«

McKay nickte, dann fragte er Bob: »Meinen Sie nicht, daß die Leute es vorziehen, die Zentrale auszuplündern? Timmes weiß doch viel mehr vom Hauptbüro als von allen Nebenstellen.«

Bob schüttelte den Kopf.

»Das glaube ich kaum. Oder meinen Sie, daß die Leute in das Haus einbrechen, in dem Sie selber über den Räumen der Bank wohnen? Die wissen doch sehr genau Bescheid und kennen alle Einzelheiten der Zentrale. Nein, Sie tun den Burschen bitter unrecht.«

»Welche Nebenstelle käme denn am ehesten in Frage? Ich kann doch nicht alle hundertundachtzig Filialen gleichzeitig bewachen lassen?«

»Das brauchen Sie auch gar nicht. Vor allem muß ich die Geheimakten über die Personalien Ihrer Angestellten sehen. Dann habe ich wenigstens einige Anhaltspunkte dafür, was die Bande unternehmen wird.«

Es mußte erst eine Sitzung des Direktoriums abgehalten werden, und es wurde lange hin und her beraten, ob man Bob die Genehmigung zur Einsicht der Personalakten erteilen sollte. Schließlich wurde er mit dem wertvollen Aktenstück in einen Raum eingeschlossen. Zuerst bestand McKay darauf, daß sich Bob keine Notizen machen dürfte, aber dieser behandelte die Vorschrift in seiner üblichen, großzügigen Weise.

Es war eine merkwürdige und in mancher Beziehung sehr interessante Lektüre. Der eine der Beamten war Spiritist, ein anderer hatte einen Bruder, der zwei Jahre in einer Trinkerheilanstalt zugebracht hatte. Ein dritter besuchte Hunderennen. Im großen ganzen waren es einwandfreie Leute. Bob, der alle Eintragungen genau durchstudierte, fiel die Notiz bei Nr. 68 auf:

George Bowley. Merstham Bassett. Zuverlässiger Charakter, früher interessiert an der christlichen Jugendbewegung, später ausgetreten. Junggeselle, dreimal verlobt gewesen, häufige Liebschaften. Trinkt nur mäßig, guter Bankbeamter, eignet sich für große Landbezirke oder kleinere Städte ohne größeres gesellschaftliches Leben.

Bob machte sich kurze Notizen. Er sah das Aktenstück bis zu Ende durch und entdeckte noch verschiedene andere interessante Leute. Aber er war davon überzeugt, daß Mr. George Bowley der Mann war, auf den es ankam.

Er suchte Direktor McKay auf. Nachdem sie über verschiedene andere Zweigstellen und Niederlassungen der Bank gesprochen hatten, ging er besonders auf Merstham Bassett ein.

»Wie spielt sich denn das Geschäft dort hauptsächlich ab?«

»Dort haben wir einen ziemlich großen Umsatz. Die kleine Stadt ist der Mittelpunkt eines größeren ländlichen Bezirks, fast alle Gutsbesitzer der Umgegend und der hohe Adel von Cornwall zählen zu unseren Kunden, wodurch die Nebenstelle eine gewisse gesellschaftliche Bedeutung erhält. Sie haben wohl Bowleys Personalien studiert, daß Sie ausgerechnet auf diese Filiale kommen?« fragte der Direktor schnell.

»Ja, ich dachte an ihn«, gab Bob zu. »Was ist er denn für ein Charakter?«

»Ein wirklich guter Mensch«, sagte McKay. »Er hat nur den einen Fehler, daß er zuviel flirtet. Neuerdings hat er sich mit einer jungen Dame verlobt. Ich hoffe, daß er bald heiraten wird. Ich habe es immer gern, wenn Vorsteher und Leiter von Banknebenstellen verheiratet sind; ein verheirateter Mann ist auch solider als ein Junggeselle. Wenn er mit dieser jungen Dame nicht zurechtkommt, wird es überhaupt nie etwas mit ihm werden.«

»Ist sie hübsch?«

»O ja, sehr hübsch«, entgegnete McKay begeistert. »Und sie war auch sehr gut gekleidet. Rosa steht ihr besonders gut –«

»Rosa?«

»Ja, nicht direkt rosa, es geht etwas ins Lachsrote«, verbesserte sich McKay. »Wollen Sie schon gehen?« fragte er dann, denn Bob hatte sich erhoben.

»Ja, ich fahre nach Merstham Bassett, um diesen Mr. Bowley kennenzulernen.«

*

Bei Morgengrauen kam er in Merstham Bassett an. Er frühstückte in einem kleinen Gasthof, dessen Besitzer, wie gewöhnlich, sehr gesprächig war.

»Wohnen sonst noch Fremde hier in der Stadt?« erkundigte sich Bob.

Der Wirt nickte.

»Ja, es sind zwei Herren hier, die kamen hierher, um zu fischen und zu angeln. Außerdem haben verschiedene Leute hier in der Nähe der Stadt einzelne Landhäuser und Villen gemietet.« Er zählte die Besitzer auf, unter anderem auch eine gewisse Miss Kilroy.

Bob sah auf.

»Ist die auch hier? Mir kommt der Name so bekannt vor.«

»Das ist die junge Dame, mit der Mr. Bowley verlobt ist. Er ist der Leiter der hiesigen Bankfiliale. Es ist eine ziemlich romantische Angelegenheit, soweit ich gehört habe. Die beiden trafen sich vor drei Monaten in Torquay. Ihr Vater war Bankangestellter in Australien, und so heiratet Mr. Bowley schließlich jemanden, der mit Bankverhältnissen vertraut ist«, fügte er vergnügt hinzu.

Nach dem Frühstück ging Bob in die Stadt, und er wußte wohl, daß er beobachtet wurde.

Merstham Bassett bestand aus einer Haupt- und zwei Nebenstraßen. In der Hauptstraße lagen die vornehmeren Geschäfte und auch die Niederlassung der London-, Devon- und Cornwall-Bank. Er betrat die Geschäftsräume, zeigte dem Vorsteher seine Ausweise und unterhielt sich dann mit ihm in dessen Privatbüro.

»Ich habe auch noch einen Empfehlungsbrief von Direktor McKay, den ich Ihnen zeigen möchte.«

Der Bankvorsteher war ein hübscher junger Mann. Er sah sich die Papiere genau an und nickte.

»Was kann ich für Sie tun, Mr. Brewer?«

»Zunächst möchte ich wissen, ob Sie hier im Gebäude wohnen?«

»Ja, im ersten Stock«, erwiderte Bowley lächelnd. »Ich bin Junggeselle – wenigstens im Augenblick noch – und ich wohne hier gut.«

»Wo essen Sie eigentlich?« fragte Bob zu Bowleys Erstaunen.

»Gewöhnlich drüben im ›König Georg‹, aber an drei Abenden in der Woche lasse ich mir das Essen in die Wohnung bringen. Die Bank hat einen Nebeneingang, den Sie wahrscheinlich schon bemerkt haben.« Bob fuhr nachdenklich mit der Hand über die Stirn.

»Ich hätte noch eine andere Frage. Drei Abende in der Woche essen Sie also hier. Was machen Sie an den anderen vier Abenden?«

Mr. Bowley richtete sich auf.

»Ich hoffe doch nicht, daß die Bank von mir Rechenschaft darüber fordert, was ich mit meiner freien Zeit anfange?«

»Ich nehme an, daß sich während Ihrer Abwesenheit jemand anders im Hause aufhält?«

»Das stimmt. Mein erster Kassierer bleibt in den Geschäftsräumen, wenn ich fort bin. Einer von uns ist immer da.«

»Schön, bleibt nur noch eine letzte Frage. Laden Sie auch manchmal Leute in Ihre Wohnung ein?«

Mr. Bowley zögerte. »Bis jetzt habe ich das noch nicht getan«, erwiderte er etwas ärgerlich. »Wenn ich aber jemanden einlade, um eine Tasse Kaffee bei mir zu trinken, so geht das schließlich keinen was an.«

»Selbstverständlich. Diese Unterhaltung bleibt auch vollkommen unter uns. Ich möchte Sie bitten, mit niemandem darüber zu sprechen, so sehr Sie auch die betreffende Person schätzen mögen. Vielleicht sagen Sie mir noch, ob Sie in den nächsten Tagen abends jemand besuchen wird?«

»Ja, meine Verlobte und ihre Tante kommen morgen abend nach dem Essen. Morgen ist Markttag, da gibt es viel zu tun, so daß ich es am Abend gern etwas gemütlich hätte. Sie glauben gar nicht, wie groß der Verkehr an Markttagen ist. Sie bleiben doch noch in der Stadt?«

»Nein, ich fahre heute abend nach London zurück.«

»Schade. Ich hätte Sie sonst gern vorgestellt.«

»Vielleicht habe ich das Glück, die Dame später noch kennenzulernen. Gibt es übrigens außer dem Markt morgen nicht auch sonst noch etwas Besonderes hier?« –

Mr. Bowley sah ihn lächelnd an.

»Ach, Sie haben auch etwas läuten hören?« fragte er. »ja, ein großes amerikanisches Syndikat beabsichtigt, hier in der Gegend Ländereien aufzukaufen, und soviel ich weiß, wird der Agent morgen hier erwartet. Man sagt, daß er verschiedenen Gutsbesitzern Angebote machen wird. Es sind bereits sechzigtausend Pfund bei der Bank hinterlegt worden, eine ziemlich große Summe. Die Landleute hier nehmen nämlich keine Schecks von Fremden.«

»Aha.« Bob verabschiedete sich von Mr. Bowley.

Am nächsten Morgen wimmelte Merstham Bassett von den Wagen der Landleute. Der Markt war außergewöhnlich gut besucht. Das Hauptgespräch drehte sich vor allem um das geheimnisvolle amerikanische Syndikat und den Agenten, der den Ort besuchen wollte. Der Tag ging langsam zur Neige, aber es erschien niemand. Einige Leute behaupteten schon, die ganze Sache sei nur ein Scherz, aber andere, die den Leiter der Bankfiliale selbst gefragt hatten, widersprachen ihnen. Auf jeden Fall kam der Agent nicht. Mr. Bowley war ziemlich müde, als er die Bankräume schloß und die Angestellten nach Haus gingen. Er traf noch einige Vorbereitungen für den Empfang seiner Gäste. Er aß schnell und hastig zu Abend. Der Kellner aus dem Gasthaus ›König Georg‹ holte später die leeren Schüsseln und das Geschirr ab. Mr. Bowley begleitete ihn die Treppe hinunter, um die Tür hinter ihm abzuschließen. In der Beziehung war er sehr gewissenhaft. Dann deckte er den Teetisch und machte es in der Wohnung so gemütlich und anheimelnd wie möglich. Bald darauf klingelte es unten.

Bowley eilte die Treppe hinunter, öffnete den beiden Damen, und nachdem er wieder abgeschlossen hatte, führte er sie in seine Wohnung hinauf.

»Ach, ist das aber eine hübsche Wohnung«, rief das junge Mädchen. Sie trug ein modernes Kleid in rötlichem Ton, der ihr gut stand. »Gehören die Möbel alle dir, George?«

»Selbstverständlich. Aber wir werden natürlich nicht hier wohnen. Ich habe schon ein Haus am Rand der Stadt gemietet, und ich übergebe die Dienstwohnung dann meinem ersten Kassierer.«

»Soll ich den Tee machen?«

»Nein, das besorge ich schon«, erklärte er schnell.

Ein paar Minuten später war der Tee fertig, und Bowley schenkte ein.

Inzwischen hatte das junge Mädchen ein wenig Puder aufgelegt und die Lippen nachgezogen. Dabei entglitt ihr der Lippenstift und fiel zur Erde.

»Das werden wir gleich haben«, sagte Bowley, kniete nieder und schaute unter die Couch.

Die ältere Dame nahm ein Fläschchen mit Butylchloral aus ihrer Handtasche und goß den Inhalt in Bowleys Tasse. Er hatte den Lippenstift bald gefunden und gab ihn seiner Verlobten mit einem Lächeln zurück.

»Nun wollen wir einmal den Tee versuchen.«

Die beiden Damen nahmen ihre Tassen.

»Wundervoll«, sagte die Braut, nachdem sie getrunken hatte.

Mr. Bowley lächelte stolz und trank mit großen Schlucken.

»Das ist nicht so –«

Die Tasse entglitt seiner Hand. Dann fiel er rückwärts und riß dabei den Stuhl um.

Die junge Dame erhob sich schnell, trat ans Fenster, hob den dunklen Vorhang ein wenig und ließ ihn dann wieder herunter.

»Geh nach unten und laß die anderen herein«, sagte sie hastig zu der älteren. »Ich bleibe hier bei dem Kerl.«

Die beiden Männer, die sich im Ort aufhielten, um zu angeln und zu fischen, warteten schon unten auf der Treppe, als ihnen die Tür aufgemacht wurde. Der eine von ihnen war der gefürchtete Cris Wall, der jetzt die Stufen hinaufstieg und befriedigt den bewußtlosen Bankbeamten betrachtete.

Rosa hätte gerade die Taschen des Bewußtlosen durchsucht und zwei Schlüssel in der Weste gefunden.

»Dies ist der Schlüssel zum Kassenschrank, der größere ist für die Tür zum Büro. Also, nun mach schnell, Cris. Ist übrigens der Wagen angekommen?«

»Der steht am Ende der Straße«, erwiderte Wall und nahm die Schlüssel an sich. »Du wirst die Werkzeuge nicht brauchen, Buck«, wandte er sich an den zweiten Mann, der eine kleine, schwarze Ledertasche trug.

Sie verließen das Zimmer, und das Mädchen setzte sich in einen Sessel, während sie Bowley beobachtete. Sie nahm eine Zigarette aus ihrem goldenen Etui, zündete sie an und rauchte nachdenklich. Es dauerte ziemlich lange, bis die beiden den Geldschrank aufgeschlossen hatten. Schließlich öffnete sich die Tür hinter ihr. Sie sah sich nicht um, sondern warf ihre Zigarette in den Kamin und erhob sich.

»Nun, seid ihr fertig?« fragte sie.

»Ja, wir sind fertig.«

Sie fuhr herum und starrte entsetzt den Mann an, der ihr gegenüberstand. Es war Bob Brewer. »Ja, wir sind unten fertig, Rosa«, erklärte er. »Wir haben im Keller gesessen und auf Wall gewartet.«

Sie lief an Bob vorbei zur Tür und die Treppe hinunter, aber das nützte ihr nichts mehr, denn das ganze Haus und alle Ausgänge waren von Polizei besetzt.

»Das amerikanische Syndikat, das das Geld eingezahlt hatte, war der Klub der Vier. Sie hatten es nur zur Bank gebracht, um es wieder von dort zu stehlen«, erklärte Bob später Direktor Campbell. »Den Vorschriften gemäß kann das Geld jederzeit wieder abgeholt werden, aber es sind momentan sechs Beamte von Scotland Yard in Merstham Bassett, die aufpassen. Wenn jemand einen Scheck auf das Geld des amerikanischen Syndikats präsentieren sollte, verhaften sie ihn sofort.«

»Wie geht es denn Bowley? Wird er sich wieder erholen?«

Bob nickte.

»Wenn sein liebebedürftiges Herz diese furchtbare Enttäuschung erträgt, schadet ihm der kräftige Schluck Butylchloral nichts.«

7

»Du kannst von Reddy sagen, was du willst«, erklärte Joe Crane mit Nachdruck, »aber das muß ihm jeder lassen, daß er einen scharfen Verstand besitzt.«

Tyke Sullivan brummte. Er war ein großer Mann mit dunklen Haaren, braunen Augen und einem kurzgeschnittenen Bart. Seinen kleineren Gefährten behandelte er mit offenkundiger Verachtung.

»Ich sage dir geradeheraus«, erwiderte er, »daß ich Reddy überhaupt nicht unter meinen Leuten haben wollte, selbst wenn er mir tausend Dollar die Woche zahlte.«

»Das würde er wahrscheinlich nicht einmal tun«, sagte Joe Crane »Ich behaupte gerade nicht, daß er sehr zuverlässig ist, und ich sage auch nicht, daß ich ihn persönlich leiden kann. Seine Art und Weise ist mir unsympathisch.«

Die beiden saßen am Strand von Brighton und benahmen sich wie zwei harmlose Leute des Mittelstandes. Halb Brighton ging auf der Kurpromenade spazieren, sowohl die Badegäste als auch die Einwohner, denn es war ein herrlicher Morgen, und die Sonne spiegelte sich im Meer.

»Dort kommt Reddy, du kannst ihm das alles selbst sagen«, meinte Tyke.

Tatsächlich kam Reddy auf die beiden zu. Er sah blendend aus und war nach der neuesten Mode gekleidet. Sie rückten beiseite, damit er auch auf der Bank Platz nehmen konnte.

»Wir haben gerade über dich gesprochen, Reddy«, sagte Joe.

Reddy warf Tyke einen wohlwollenden Blick zu.

»Kalte Füße bekommen?« fragte er freundlich.

»Ja, so ungefähr«, gab Tyke zu. »Dieser Polizeiinspektor macht mir Sorge. Ich bin mehr für ein ruhiges Leben, nachdem ich in Devonshire gesessen habe.«

»Wirklich?« fragte Reddy. »Nun, ich denke auch ernstlich daran, mich zur Ruhe zu setzen.«

»Rede doch keinen Unsinn«, brummte Tyke.

»Tatsache«, erklärte Reddy und blies ein paar Rauchringe in die Luft. »Ich fange nächstens ein Geschäft an – garantiert saubere Sache –, und wenn ihr beide euch an der neuen Gesellschaft beteiligen wollt, habe ich nichts dagegen.«

»Was soll denn das für eine Gesellschaft sein?« fragte Joe Crane neugierig.

»Schiffsreederei, eine neue Linie nach Südamerika. Natürlich nicht unter meinem Namen. Ich habe alle Anteile einer Gesellschaft aufgekauft, die ein kleines, schnelles Schiff besitzt. Es macht mit Leichtigkeit fünfzehn Knoten und fährt am siebenten nächsten Monats mit Stückgut von London nach Buenos Aires.««

»Das ist eine gute Idee«, meinte Tyke.

»Wir fahren aber nicht mit dem Dampfer von London ab«, erklärte Reddy. »Ich habe außerdem ein großes Motorboot gekauft, das im Hafen von Seaford liegt.«

»Was soll denn das bedeuten?« fragte Tyke. »Warum willst du nicht direkt von London abfahren?«

»Weil ich was ganz Besonderes vorhabe. Und ich sage euch, dadurch fliegt auch dieser Brewer auf.«

»Dafür interessiere ich mich«, entgegnete Tyke. »Große Pläne sind immer etwas für mich gewesen. Kann man dabei auch Geld verdienen?«

»Ja, wenigstens etwas. Sagen wir einmal fünf Millionen Dollar.«

Sullivan holte tief Atem. »Ich weiß, daß du keinen Unsinn redest, und ich muß zugeben, Reddy, daß mir die Idee, einmal mit Bob Brewer abzurechnen, äußerst sympathisch ist.«

*

»Sie wissen ja, wie ich über die Gesellschaft denke«, begann Mr. Douglas Campbell.

»Ja, das weiß ich zur Genüge«, erwiderte Bob schnell. »Schütten Sie nur ohne lange Einleitung Ihr Herz aus.«

»Ich mache mir Sorgen wegen des großen Wohltätigkeitsballs. Das Fest ist der Höhepunkt der Londoner Saison, und ich weiß zufällig, daß die Spitzen der Gesellschaft und all die Leute, die gern dazu gehören möchten, schon Eintrittskarten gekauft haben. Hauptsächlich ist es der Glückstopf, der sie anzieht.«

»Glückstopf?« Bob sah den Direktor fragend an.

»Der gehört nun einmal dazu. Es ist ein großes Gefäß, und jede Dame, die eine besondere Karte löst, kann einmal hineingreifen.«

»Schrecklich kindisch!« meinte Bob.

»Es ist nicht so kindisch, wie es klingt.«

»Kann man denn wenigstens etwas Anständiges herausfischen?«

»Ja, unter anderem ein Perlenhalsband im Wert von fünftausend Pfund!«

Bob pfiff leise vor sich hin.

»Das wird allerdings ziehen.«

»Natürlich gibt es eine Menge anderer Preise, die fast gar nichts wert sind. Jeder bekommt ein kleines Geschenk. Das Perlenhalsband ist eine anonyme Stiftung.«

»Einen Augenblick!« sagte Bob. »Sie haben doch nicht etwa dieses Perlenhalsband bei sich versichern lassen? Ich meine, für den Fall, daß es gezogen wird?«

Campbell lächelte.

»Nein, das haben wir nicht getan. Wir sind geschäftlich nicht am Wohltätigkeitsball interessiert. Ich habe Ihnen das nur erzählt, um Ihnen zu zeigen, daß es sich bei der modernen Gesellschaft nur um Habgier und Bluff handelt.«

Bob war sehr froh, als er erfuhr, daß er mit dem Ball nichts weiter zu schaffen hatte, denn er hatte in jenen Tagen viel zu tun. Drei Mitglieder des Klubs der Vier waren in Freiheit und befanden sich in London oder in unmittelbarer Nähe der Stadt. Manchmal findet man auf die merkwürdigste Art Anhaltspunkte. Bob Brewer las an jenem Abend die Morgenzeitungen, wozu er noch nicht gekommen war. Er blätterte darin herum und kam schließlich zu den Annoncen und den weniger spannenden Artikeln.

Unter der Rubrik ›Schiffahrtsnachrichten‹ entdeckte er eine Notiz, die ihn aufmerken ließ. Ein gewisser Mr. Batterby hatte den Dampfer ›Luana‹ erworben und modernisieren lassen.

»Batterby!« sagte Bob und sah zur Decke hinauf. »Der Name kommt mir doch irgendwie bekannt vor?«

Er ging zu seinem Safe, nahm ein kleines Notizbuch heraus und suchte im Index den Namen Reddy. Zeile für Zeile las Bob seine Eintragungen bis er zu den Pseudonymen des Mannes kam: Anderson, Redwood, Coleby, Marquis de Casteroux, Newbridge, Batterby – Harold Batterby.

Reddy war nicht der erste Verbrecher, der ein Pseudonym ein zweites Mal benutzte.

»Harold Batterby.«

Harold war auch der Vorname des Schiffskäufers, wie Bob telefonisch von dem bisherigen Besitzer der ›Luana‹ erfuhr. Der Mann sagte ihm auch, daß Batterby ein großer Mann mit grauen Haaren sei und viele Schnurren und Anekdoten erzähle.

Bob beschloß daraufhin, sich die ›Luana‹ einmal etwas näher anzuschauen.

Der Dampfer lag in den London Docks. Es wurden gerade Kohlen geladen, als Bob am Kai anlangte. Er stellte auch mit Interesse fest, daß Proviant für eine lange Reise an Bord genommen wurde. Darunter befand sich eine große Anzahl Kisten einer bekannten Weinfirma aus Reims. Ein Schiffsoffizier und ein Mann in einer weißen Jacke, den Bob für den Zahlmeister hielt, kontrollierten die Vorräte, die an Bord gebracht wurden.

»Nehmen Sie auch Passagiere mit?« fragte Bob, der hinter den Offizier getreten war.

Der Mann sah sich erstaunt um.

»Nein«, entgegnete er dann kurz. »Dies hier ist ein Frachtdampfer.«

»Sieht aber aus wie ein richtiges Passagierschiff – mit all dem Sekt an Bord.« Der Offizier erwiderte zunächst nichts.

»Vielleicht will der Eigentümer selbst eine Reise machen?« meinte Brewer.

»Möglich,« sagte der Offizier, ohne weiter darauf einzugehen. Dann fügte er hinzu: »Ich wünschte, ich könnte noch zwei Monate zu Haus bleiben. Meine Frau ist krank.«

»Wann fährt der Dampfer?«

»Morgen abend mit der Tide«, erwiderte der Offizier, der etwas kurz angebunden war.

»Nach welchem Hafen fahren Sie denn?«

»Daraus wird ein Geheimnis gemacht. Aber meiner Meinung nach muß es irgendwo in der Nähe von Newhaven sein. Wir nehmen dort den Schiffseigentümer an Bord.«

»Haben Sie eine Ahnung, wann Sie abfahren?«

»Das wird wohl noch ein bis zwei Tage dauern. Aber warum wollen Sie denn das alles so genau wissen?«

Bob hatte der Mann von Anfang an gefallen. Er hatte das Gefühl, daß er ihm trauen konnte. Allem Anschein nach hatte Reddy die Offiziere und die Besatzung des Schiffes nicht gewarnt, weil er glaubte, daß niemand ihm auf die Schliche kommen würde und daß ihn vor allem niemand als Harold Batterby identifizieren könnte.

Bob zeigte seine Karte.

»Sie sind Detektiv?« fragte der Offizier interessiert. »Ist etwas nicht in Ordnung?«

»Es ist allerhand faul im Staate Dänemark. Ich möchte Sie nur bitten, über unsere Unterredung nicht zu sprechen. Vielleicht können Sie mir auch sonst helfen. In diesem Fall wird meine Gesellschaft Sie anständig dafür bezahlen. Sie brauchen sich kein Gewissen daraus zu machen, nicht im Interesse des Schiffseigentümers zu handeln; denn wenn ich mich nicht sehr irre, wird sich der Mann im nächsten Monat vor den Geschworenen zu verantworten haben. Und Sie werden vermutlich in London zurückgehalten, um als Zeuge aufzutreten.«

»Eins weiß ich noch«, sagte der Offizier. »Wir werden in Newhaven oder sonstwo an der Küste so lange aufgehalten, weil der Schiffseigentümer einen Ball geben will.«

»Einen Ball? Doch nicht etwa einen Wohltätigkeitsball?« »Ich weiß nicht, ob es ein Wohltätigkeitsball ist. Ich weiß nur, daß es eine große Sache sein soll. Er fährt dann von dort im Auto zur Küste.«

Bob durchschaute plötzlich den ganzen Plan und traf noch verschiedene Vereinbarungen mit dem Offizier. Dann fuhr er direkt zur Stadt zurück. Die Sekretärin des Komitees für den Wohltätigkeitsball war eine Dame, die in der Organisation solcher Veranstaltungen ziemlich viel Erfahrung hatte.

»Wer hat denn eigentlich die Idee zu diesem Fest gehabt?« fragte Bob.

– »Das ist ein Geheimnis, darüber kann ich Ihnen leider nichts sagen.«

»Sie brauchen sich nicht zu genieren«, sagte Bob. »Ich weiß zufällig, daß es Mr. Harold Batterby ist.«

»Wenn Sie es wissen, warum fragen Sie dann noch?« entgegnete sie etwas ärgerlich.

Aber Bob war um so liebenswürdiger und sagte ihr, daß er bei den Redaktionen in der Fleet Street bekannt sei. Daraufhin erzählte sie ihm alles, was sie wußte.

*

Es folgten Besprechungen in den Büros der Vereinigten Versicherungsgesellschaften, an denen alle möglichen Leute teilnahmen. Der Polizeipräsident schickte Beamte von Scotland Yard, und auch die Admiralität war vertreten. Und als die ›Luana‹ am Morgen des Tages, an dem der Ball stattfand, durch den Kanal fuhr, erschienen plötzlich zwei Zerstörer auf der Bildfläche und nahmen den gleichen Kurs.

Die ›Luana‹ warf in der Nähe von Seaford Anker, und die beiden Zerstörer taten dasselbe. Ein Umstand, der dem Kapitän der ›Luana‹ etwas sonderbar vorkam, dem zweiten Offizier aber gar nicht.

*

Es unterlag keinem Zweifel, daß der Ball ein großartiger Erfolg war. Alle Zufahrtsstraßen nach Victoria Hall waren von Autos blockiert. Langsam füllte sich der große Ballsaal, in dem Damen und Herren sechs Stunden lang zugunsten der Wohltätigkeit tanzen sollten.

Reddy saß in einer der Logen, von wo aus er den ganzen Saal übersehen konnte, und rauchte nachdenklich eine Zigarre. Sein Begleiter, Joe Crane, war sprachlos vor Bewunderung.

»Das hier ist wirklich große Klasse, Joe«, sagte Reddy nach einer Weile. »Sieh dir einmal die Smaragde der Dame dort drüben an ist das nichts?«

»Du bist tatsächlich ein Genie«, erwiderte Joe begeistert. »Außer dir hätte niemand so etwas ausdenken können. Ist das da drüben der Raum, wo die Sache mit dem Glückstopf steigen soll?«

Er zeigte auf eine Tür mit einem dunkelroten Vorhang. Darüber stand auf einem sauber gemalten Schild:

Glückstopf!
Rote Karten um 11 Uhr.

»Jede Dame im Saal hat eine Karte«, erklärte Reddy. »Kurz vor elf werden wir Mühe haben, sie alle in Reih und Glied zu bringen. Hinter der Tür befindet sich ein kleinerer Saal, in den die Damen mit den roten Karten eintreten.«

»Woher haben sie denn die roten Karten?« fragte Joe, der nicht in alle Geheimnisse eingeweiht worden war.

»Die sind am Eingang verteilt worden. Die Damen mit kostbaren Juwelen haben rote bekommen, die anderen die weißen. Klar?«

Joe lachte.

»Großartig ausgedacht, Reddy. Aber was habe ich denn bei der Sache zu tun?«

»Du wartest draußen beim Auto am Seiteneingang und hilfst, die Beute an Bord zu bringen. Tyke Sullivan und ich kümmern uns um die Damen.«

»Wenn wir aber eine Panne haben?« fragte Joe ängstlich.

»Auf dem Weg zur Südküste habe ich für unvorhergesehene Zwischenfälle drei Autos aufgestellt. Die fahren hinter uns her, nachdem wir vorübergekommen sind, so daß wir immer einen Wagen zur Hand haben, was auch passieren mag. Das Schiff wartet in Seaford. Ich habe bereits ein Telegramm von dem Kapitän. Der junge Joyce fährt das Motorboot nach Portsmouth, läßt es dort und kommt dann mit nach Südamerika. Ich glaube, es ist alles aufs beste überlegt. Aber sieh doch einmal die Dame dort drüben!« Er zeigte auf eine schlanke, blonde Dame in elegantem Abendkleid, die eine sehr kostbare Brillantkette trug.

»Die hat auch eine rote Karte bekommen.«

Viertel vor elf stellten sich die Damen unter Lachen und Geplauder in langer Reihe auf, genau nach den Nummern der roten Karten, die sie am Eingang erhalten hatten.

Um elf wurden die Vorhänge beiseitegezogen, die großen Türflügel öffneten sich, und die Damen gingen langsam in den kleinen Saal. Die Karten wurden am Eingang kontrolliert. Dann wurden die Türen geschlossen und die schweren Vorhänge wieder vorgezogen. Der Tanz ging weiter.

In der kleinen Halle spielte sich unterdessen eine sonderbare Szene ab. Die Damen sahen alle erwartungsvoll auf den großen Glückstopf. Reddy machte den Zeremonienmeister und erklärte, wie die Sache vor sich gehen sollte. In der großen Halle hatte inzwischen eine zweite Kapelle direkt vor dem Eingang Platz genommen und vollführte einen Heidenlärm.

»Meine Damen«, begann Reddy, »hören Sie mir bitte aufmerksam zu. Sie müssen vor allem verstehen, worum es geht. Mein Assistent legt gerade ein Tuch über den Glückstopf, wie Sie sehen. Und dies ist ein Revolver.«

Er zog einen schweren Revolver aus der Tasche.

»Sie werden nun alle an dem großen Behälter vorbeigehen und die Juwelen ablegen, die Sie tragen: Ihre Ketten, Ohrringe, Ringe, Broschen. Ich weiß, wenn ich von der Polizei gefaßt werde, muß ich zwanzig Jahre absitzen. In dem Fall wäre es mir lieber, wenn ich wegen Mordes aufgehängt würde. Es kommt mir daher nicht darauf an, wie viele ich von Ihnen erschießen muß. Sobald jemand den Mund auftut und um Hilfe ruft, schieße ich sofort. Auch dann, wenn Sie meinen Befehlen nicht gleich Folge leisten. Und wenn ich es nicht tue, besorgen es meine Freunde hier.«

Dabei zeigte er auf eine junge Dame mit etwas harten Gesichtszügen, die neben ihm stand, und auf Tyke Sullivan, der mit dem Rücken an der Tür zur Haupthalle lehnte und in jeder Hand einen Browning hielt.

»Es hat keinen Zweck, groß zu schreien«, fuhr er fort, als man den Angstruf einer Frau hörte, die ohnmächtig wurde. »Vor der Tür spielt eine Kapelle, so daß man nichts von dem hört, was hier vorgeht. In fünf Minuten muß die Zeremonie zu Ende sein. Also, los! Sie kommen zuerst!«

Er sah auf die große blonde Dame.

»Legen Sie sofort Ihre Halskette auf das Tischtuch, und zwar etwas schnell, wenn ich bitten darf!«

Sie trat vor, nahm das große Collier ab und legte es auf das Tuch. Dann ging sie an dem jungen Mädchen und an Reddy vorbei. Eine zweite, eine dritte Dame folgten, als die große Blonde sich plötzlich umdrehte.

»Hände hoch, Reddy! Sobald Sie auch nur mit der Wimper zucken, sind Sie erledigt!«

Reddy ließ sofort den Revolver los, der polternd zu Boden fiel, und hob die Hände hoch. Aber Sullivan ergab sich nicht sofort. Er wandte sich nach der Dame mit der männlichen Stimme um. Bevor er aber auf Bob anlegen konnte, gab dieser schnell hintereinander drei Schüsse ab. Der große Sullivan brach zusammen und faßte an seinen Arm.

Dann ging alles drunter und drüber. Bei den Schüssen hielten die Nerven der Frauen nicht mehr stand, und die Szene, die darauf folgte, spottete jeder Beschreibung.

*

Eine halbe Stunde später saß eine elegant gekleidete Dame, deren prachtvolles blondes Haar auf dem Tisch lag, im Büro des Chefs von Scotland Yard und rauchte eine Pfeife. Ihr gegenüber hatte Mr. Campbell Platz genommen, der Bob Brewer mit aufrichtiger Bewunderung betrachtete.

»Das ist der größte Erfolg, den wir seit Jahren gehabt haben«, sagte der Polizeipräsident. »Und wenn die Sache auch uns angerechnet wird, so gebührt doch Ihnen allein das Verdienst.«

»Ich nehme an, daß Sie alle Mitglieder der Bande verhaftet haben?« fragte Bob.

»Ja, alle. Es war unmöglich, daß sie die Postenkette passieren konnten. Wir haben auch den Mann gefaßt, der das Motorboot nach Seaford steuern sollte. Durch diesen Schlag ist der Klub der Vier ein für allemal erledigt.«

Bob sah auf sein schönes Abendkleid.

»Zwei Kammerzofen und einen Diener habe ich gebraucht, um mich anzukleiden!«

»Bob«, sagte Campbell noch ganz aufgeregt, »unsere Gesellschaft wird niemals imstande sein, Ihnen richtig für das zu danken, was Sie heute abend für sie getan haben.«

»Es ist Ihre Sache, dafür zu sorgen. Aber vorher kommen Sie bitte mit und helfen Sie mir, das Korsett aufzuschnüren.«

Ende

 tredition®

Über tredition

Eigenes Buch veröffentlichen

tredition wurde 2006 in Hamburg gegründet und hat seither mehrere tausend Buchtitel veröffentlicht. Autoren veröffentlichen in wenigen leichten Schritten gedruckte Bücher, e-Books und audio-Books. tredition hat das Ziel, die beste und fairste Veröffentlichungsmöglichkeit für Autoren zu bieten.

tredition wurde mit der Erkenntnis gegründet, dass nur etwa jedes 200. bei Verlagen eingereichte Manuskript veröffentlicht wird. Dabei hat jedes Buch seinen Markt, also seine Leser. tredition sorgt dafür, dass für jedes Buch die Leserschaft auch erreicht wird.

Im einzigartigen Literatur-Netzwerk von tredition bieten zahlreiche Literatur-Partner (das sind Lektoren, Übersetzer, Hörbuchsprecher und Illustratoren) ihre Dienstleistung an, um Manuskripte zu verbessern oder die Vielfalt zu erhöhen. Autoren vereinbaren direkt mit den Literatur-Partnern die Konditionen ihrer Zusammenarbeit und partizipieren gemeinsam am Erfolg des Buches.

Das gesamte Verlagsprogramm von tredition ist bei allen stationären Buchhandlungen und Online-Buchhändlern wie z. B. Amazon erhältlich. e-Books stehen bei den führenden Online-Portalen (z. B. iBookstore von Apple oder Kindle von Amazon) zum Verkauf.

Einfach leicht ein Buch veröffentlichen: **www.tredition.de**

Eigene Buchreihe oder eigenen Verlag gründen

Seit 2009 bietet tredition sein Verlagskonzept auch als sogenanntes "White-Label" an. Das bedeutet, dass andere Unternehmen, Institutionen und Personen risikofrei und unkompliziert selbst zum Herausgeber von Büchern und Buchreihen unter eigener Marke werden können. tredition übernimmt dabei das komplette Herstellungs- und Distributionsrisiko.

Zahlreiche Zeitschriften-, Zeitungs- und Buchverlage, Universitäten, Forschungseinrichtungen u.v.m. nutzen diese Dienstleistung von tredition, um unter eigener Marke ohne Risiko Bücher zu verlegen.

Alle Informationen im Internet: **www.tredition.de/fuer-verlage**

tredition wurde mit mehreren Innovationspreisen ausgezeichnet, u. a. mit dem Webfuture Award und dem Innovationspreis der Buch Digitale.

tredition ist Mitglied im Börsenverein des Deutschen Buchhandels.

Dieses Werk elektronisch lesen

Dieses Werk ist Teil der Gutenberg-DE Edition DVD. Diese enthält das komplette Archiv des Projekt Gutenberg-DE. Die DVD ist im Internet erhältlich auf **http://gutenbergshop.abc.de**

Zeitfracht Medien GmbH
Ferdinand-Jühlke-Straße 7
99095 Erfurt, Deutschland
produktsicherheit@kolibri360.de